SPÉCIALITÉ **TERMINALE**

STUDYBAC

PHYSIQUE-CHIMIE

AUTEUR
Frédéric BOREL
enseigne depuis plus de
20 ans les sciences physiques.
Il enseigne actuellement dans
un lycée du Val d'Oise.

Studyrama

STUDYBAC

Des cahiers innovants pour apprendre en s'amusant !

Conformes aux programmes du nouveau Bac, ces cahiers ont été conçus par des professeurs sensibles à une méthode d'apprentissage issue de la pédagogie positive.

Ils comprennent l'essentiel à connaître, et proposent de nombreux jeux et exercices, ainsi que des cartes mentales ou des synthèses visuelles propices à la stimulation, la motivation et la concentration.

À vous de jouer !

Tronc commun

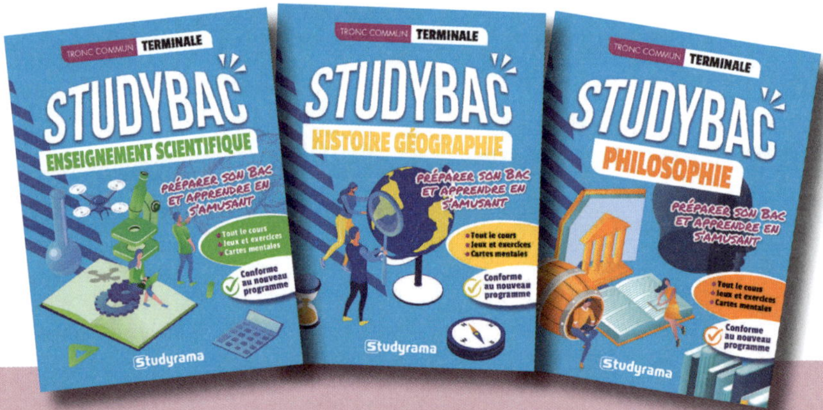

Spécialités

- Sciences économiques et sociales, Terminale
- Histoire-géographie, géopolitique et sciences politiques, Terminale
- Physique-chimie, Terminale
- Mathématiques, Terminale
- Sciences de la vie et de la Terre, Terminale
- Humanités, littératures et philosophie, Terminale

Sommaire

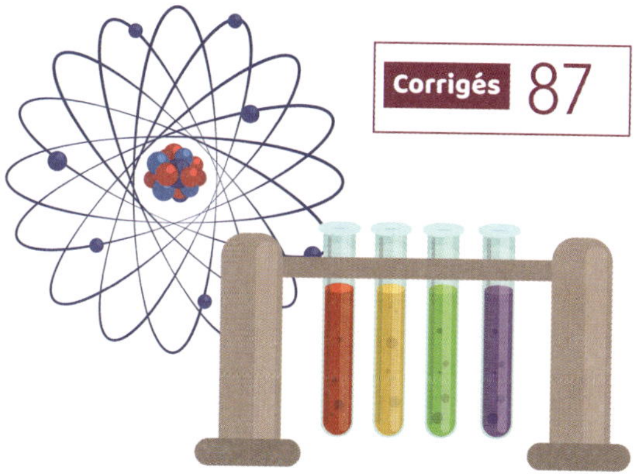

À FAIRE

Objectifs du jour Date : ....

1 ☐ Fait
2 ☐ Fait
3 ☐ Fait

NOTES

Objectifs du jour Date : ....

1 ☐ Fait
2 ☐ Fait
3 ☐ Fait

NOTES

Objectifs du jour Date : ....

1 ☐ Fait
2 ☐ Fait
3 ☐ Fait

NOTES

Objectifs du jour Date : ....

1 ☐ Fait
2 ☐ Fait
3 ☐ Fait

NOTES

À FAIRE

Objectifs du jour Date : ....

1
☐ Fait
2
☐ Fait
3
☐ Fait

NOTES

Objectifs du jour Date : ....

1
☐ Fait
2
☐ Fait
3
☐ Fait

NOTES

Objectifs du jour Date : ....

1
☐ Fait
2
☐ Fait
3
☐ Fait

NOTES

Objectifs du jour Date : ....

1
☐ Fait
2
☐ Fait
3
☐ Fait

NOTES

Auditive, kinesthésique ou visuelle : quel est votre type de mémoire ?

Pour bien vous connaître, voici un petit test à réaliser pour comprendre comment fonctionne votre mémoire.

Pour vous concentrer, vous avez tendance à :

- fermer les yeux .... ■
- mâchouiller votre stylo .... ▲
- vous boucher les oreilles .... ●

Pour réviser, vous avez besoin de :

- réécrire l'essentiel sur des fiches .... ▲
- réciter votre cours à haute voix .... ●
- relire vos notes encore et encore .... ■

Quand vous travaillez, vous êtes :

- si concentré(e) que vous en oubliez le monde qui vous entoure .... ●
- obligé(e) d'être dans un endroit familier .... ▲
- facilement déconcentré(e) par ce qui se passe autour .... ■

En cours, vous êtes plutôt du genre à :

- regarder le tableau ou la fenêtre .... ■
- écouter le professeur ou vos camarades .... ●
- vous balancer sur votre chaise .... ▲

Pour apprendre la physique-chimie, vous préférez :

- réaliser des expériences .... ▲
- regarder les schémas et les formules .... ■
- écouter les explications de votre professeur .... ●

CALCULEZ VOTRE RÉSULTAT !

Vous avez + de ▲

votre mémoire est surtout **kinesthésique**

Conseil : Faites et refaites les exercices de ce cahier. Les rappels de cours et les synthèses graphiques vous aideront à les réussir haut la main. Vous aimez le concret et les expériences. Vous vous rappelez plus facilement ce que vous avez vécu. Vous êtes sensible aux émotions et aux sensations, et avez besoin de vivre les choses. Votre stylo au capuchon mâchouillé, votre crayon de toujours et votre gomme seront vos meilleurs compagnons de bataille !

Vous avez + de ■

votre mémoire est surtout **visuelle**

Conseil : Concentrez-vous sur les cartes mentales et autres synthèses graphiques, mais n'en oubliez pas le reste pour autant. Ce cahier richement illustré vous sera d'une grande aide.
Vous aimez les couleurs et les schémas. Vous vous rappelez plus facilement de ce que vous avez vu. Vous êtes à l'aise avec les détails, mais il vous faut associer les idées à des images. Votre crayon quatre couleurs et vos surligneurs seront vos armes les plus efficaces !

Vous avez + de ●

votre mémoire est surtout **auditive**

Conseil : Récitez l'essentiel du cours et faites un maximum de choses à voix haute, y compris les exercices. Ceux incluant une vidéo seront particulièrement adaptés pour vous. Vous aimez les sons et le bruit. Vous vous rappelez plus facilement de ce que vous avez entendu. Vous retenez surtout les idées principales, il vous faut ainsi les trier et les écouter pour qu'elles restent gravées en vous. Votre voix, un enregistreur vocal et vos écouteurs seront vos plus précieux alliés !

Constitution et transformations

Déterminer la composition d'un système par des méthodes physiques et chimiques

Des acides et des bases

Un transfert d'ion hydrogène

Dans l'enseignement de spécialité de la classe de première, les réactions d'oxydoréduction ont été étudiées : elles sont modélisées par des transferts d'électrons. On rappelle que l'oxydant est une espèce capable de recevoir un ou plusieurs électron(s), le réducteur est une espèce capable de céder un ou plusieurs électron(s).
Sur le même modèle, on envisage un autre type de réaction, analogue aux réactions d'oxydoréduction : les réactions acido-basiques. Lors de ces réactions, les espèces s'échangent un **ion hydrogène** H^+, appelé également **proton**. Selon le chimiste Brönsted, un **acide** est une espèce capable de **céder un proton**, une **base** est une espèce capable de **capturer un proton**.

Couples acide/base et réactions acido-basiques

À l'instar des couples oxydant/réducteur, il existe les couples acide/base. Prenons l'exemple de l'acide éthanoïque de formule CH_3COOH. L'ion hydrogène que va céder cet acide se trouve sur le groupement carboxyle -COOH, on dit que c'est l'hydrogène le plus labile. L'acide se transforme en ion carboxylate de formule CH_3COO^- qui est une base. Cette base est donc capable de recapturer un proton H^+. Les deux espèces appartiennent au couple acide/base CH_3COOH / CH_3COO^-. On dit que CH_3COO^- est la base conjuguée de l'acide CH_3COOH et réciproquement CH_3COOH est l'acide conjugué de la base CH_3COO^-. On en vient à écrire une demi-équation : $CH_3COOH = CH_3COO^- + H^+$.

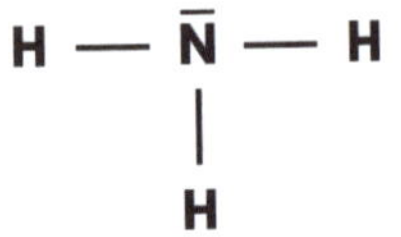

Prenons l'exemple de l'ammoniac NH_3. Est-ce une base ou un acide ? Observons son schéma de Lewis ci-contre.
NH_3 possède 3 doublets liants (les 3 liaisons) et un doublet non liant sur l'atome d'azote. La molécule peut accepter un ion hydrogène H^+ et se transformer en ion hydronium NH_4^+ : les électrons du doublet non liant participent ainsi à une quatrième liaison. L'atome d'azote porte une charge positive apportée par l'ion hydrogène.

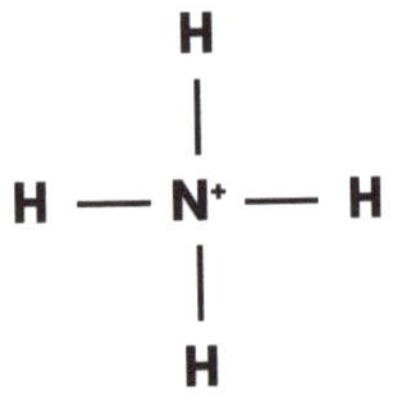

NH_3 est une base et NH_4^+ est un acide. La demi-équation associée est alors : $NH_4^+ = NH_3 + H^+$.

Avec deux couples acido-basiques acide 1/base 1 et acide 2/base 2, on peut envisager la réaction acido-basique suivante : acide 1 + base 2 = base 1 + acide 2. Avec les exemples ci-dessus : $CH_3COOH + NH_3 = CH_3COO^- + NH_4^+$

Le cas de l'eau

On connaît l'importance de l'eau dans la vie quotidienne et en chimie. Il est compréhensible que cette espèce ait un statut privilégié dans le monde acido-basique. L'eau est une espèce qualifiée d'**amphotère** car elle peut, selon les conditions, se comporter, soit comme un acide, soit comme une base.

- H_2O est une base dans le couple H_3O^+/ H_2O ;
- H_2O est un acide dans le couple H_2O/HO^-.

> **Vocabulaire**
>
> **Ion hydrogène :** espèce obtenue en enlevant un électron à un atome d'hydrogène qui contient initialement un proton et un électron. On comprend alors pourquoi l'ion hydrogène H^+ est synonyme de proton.

Le pH et l'acidité

L'acidité, une longue histoire

La notion d'acidité était connue déjà dans l'Antiquité. Les Romains utilisaient le mot *acetum* pour parler d'un vin acide semblable au vinaigre, *aceti vinum*. Ce mot latin d'*acetum* est à l'origine de l'acide acétique, l'espèce principale du vinaigre. Les alchimistes du Moyen Âge ont utilisé le vitriol (l'acide sulfurique), et l'acide muriatique (l'acide chlorhydrique). À la fin du XVIIIe siècle, le chimiste français Lavoisier définit un acide comme un composé contenant de l'oxygène. À la même époque, Scheele découvre l'acide phosphorique (qu'on trouvera plus tard dans le Coca-Cola). Ce n'est qu'au milieu du XIXe siècle que Liebig comprend l'importance de l'hydrogène dans les acides. Au début du XXe siècle, le chimiste danois Brønsted élabore la définition apprise en Terminale : un acide est une espèce capable de céder un proton H^+.

Une formule très utile

En 1909, le chimiste danois Søren Sørensen propose le concept de pH. Pour une solution aqueuse diluée où la concentration des **ions hydronium** $[H_3O^+] \leq 0{,}05$ mol·L^{-1},

$$\mathbf{pH = -\log \frac{[H_3O^+]}{c^0}}$$

c^0 est une concentration de référence, appelée concentration standard, égale à 1 mol·L^{-1}.
Mathématiquement, elle peut être omise dans la formule.
Inversement, on peut trouver la concentration des ions hydronium grâce au pH, $\mathbf{[H_3O^+] = 10^{-pH}}$.

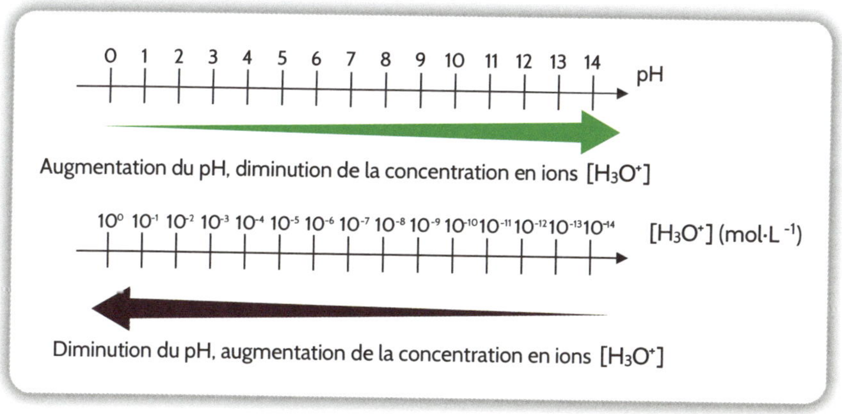

Pour mesurer le pH

Le pH se mesure à l'aide d'un pH-mètre. Avant utilisation, le pH-mètre doit être étalonné à l'aide de solutions tampons, c'est-à-dire des solutions dont le pH varie peu par dilution ou par ajout modéré d'acides ou de bases. L'incertitude sur la mesure d'un pH, de l'ordre de 0,05 entraîne une **incertitude relative** importante (environ 10 %) sur la concentration en ions hydronium H_3O^+. Aussi, toute concentration $[H_3O^+]$ est exprimée avec au plus deux chiffres significatifs.

Vocabulaire

Ion hydronium : appelé aussi ion oxonium, de formule H_3O^+, on peut considérer qu'il s'agit d'un ion hydrogène H^+ hydraté.

Incertitude relative : rapport de l'incertitude absolue et de la grandeur mesurée. Elle s'exprime en pourcentage.

Analyser un système par des méthodes physiques

L'absorbance et la loi de Beer-Lambert

La **loi de Beer-Lambert** est une relation de proportionnalité entre l'absorbance *A* d'une solution et sa concentration en quantité de matière *c* :

$$A = k \times c \quad \begin{cases} A & \text{absorbance sans unité} \\ k & \text{coefficient de proportionnalité (en L·mol}^{-1}\text{)} \\ c & \text{concentration de la solution (en mol·L}^{-1}\text{)} \end{cases}$$

La loi de Beer-Lambert permet de déterminer la concentration d'une solution grâce à une droite d'étalonnage *A* = f(*c*). Cette dernière s'établit en mesurant l'absorbance de différentes solutions étalons, de la plus foncée à la plus claire. Pour en augmenter la précision, les mesures doivent être faites au maximum d'absorption.

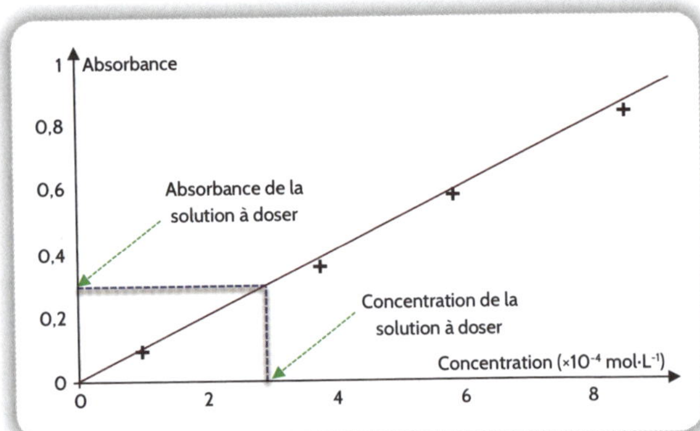

La conductivité et la loi de Kohlrausch

La conductivité d'une solution est sa capacité à conduire le courant électrique **par la présence de ses ions.** La **loi de Kohlrausch** est une relation de proportionnalité entre la conductivité σ d'une solution et sa concentration.

$$\sigma = k \times c \quad \begin{cases} \sigma & \text{conductivité en siemens par mètre (S·m}^{-1}\text{)} \\ c & \text{en mol·L}^{-1} \\ k & \text{en S·L·m}^{-1}\text{·mol}^{-1} \end{cases}$$

On remarque la similitude entre la loi de Beer-Lambert et la loi de Kohlrausch. Cette dernière sert également à déterminer la concentration d'un solution ionique inconnue.

Spectroscopie infrarouge

La **spectroscopie infrarouge** est une technique qui exploite l'absorption d'un rayonnement infrarouge par une molécule pour identifier ses groupes fonctionnels. En absorbant les radiations, la molécule se met à vibrer.

Un spectre infrarouge (IR) est un graphique avec :

- en ordonnée, la **transmittance T** (sans dimension, exprimée en %). Plus une radiation est absorbée, plus la transmittance est faible ;
- en abscisse, le **nombre d'onde σ** (en cm^{-1}), inverse de la longueur d'onde λ. Le nombre est croissant de la droite vers la gauche.

Dans un spectre IR, il faut repérer les « creux » appelés **bandes caractéristiques**. Chaque bande correspond à un groupe fonctionnel.

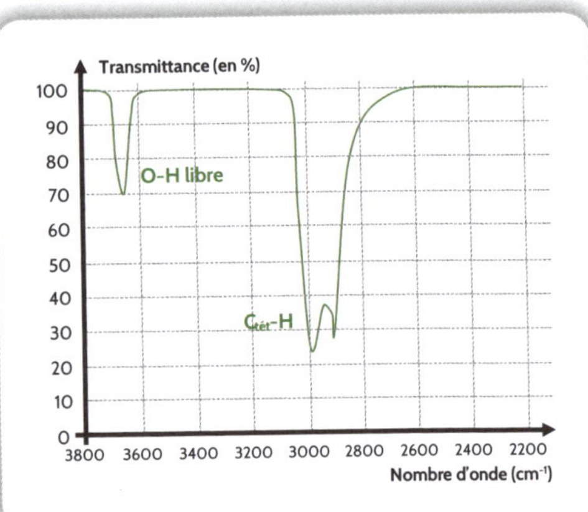

Exemple de l'éthanol :

Nombre d'onde (en cm^{-1})	3200 à 3650	2800 à 3000
Liaison	O-H d'un alcool	$C_{tét}$-H

Titre massique et densité d'une solution

Le **titre massique** d'une solution, ou concentration massique, noté t_m, est le rapport de la masse de soluté m et du volume V de la solution.

$t_m = \frac{m}{V}$ m en gramme (g), V en litre (L), t_m en gramme par litre ($g{\cdot}L^{-1}$)

La **densité** d'une solution, notée d, est le rapport de la masse volumique ρ de cette solution et de la masse volumique ρ_e de l'eau.

$d = \frac{\rho}{\rho_e}$ d sans unité, ρ et ρ_e en gramme par litre ($g{\cdot}L^{-1}$)

Titrage avec suivi pH-métrique

Un **titrage** est la détermination de la concentration inconnue d'une solution A. On se sert d'une solution B de concentration connue. Il faut que la réaction entre A et B soit totale, rapide et unique.

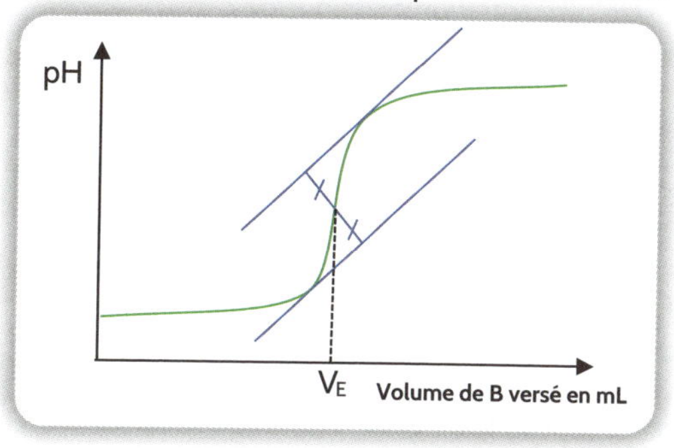

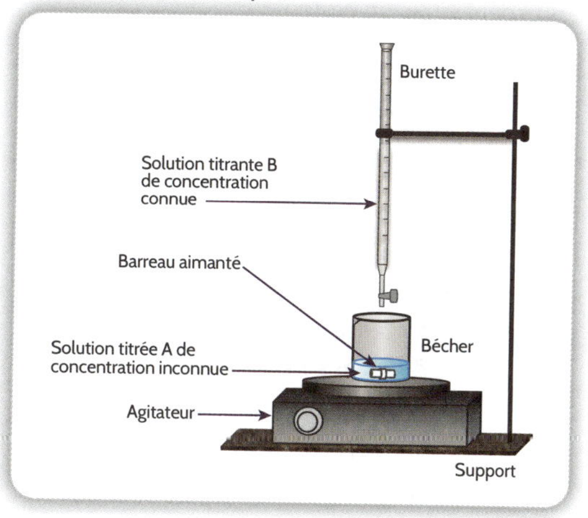

On rappelle que l'on atteint l'**équivalence** d'un titrage quand le réactif titrant (versé grâce à la burette) et le réactif titré (présent dans le bécher) ont été introduits **dans des proportions stœchiométriques**. L'évolution du pH en fonction du volume du réactif B versé permet de déterminer le volume équivalent V_E.

Ce dernier permet de trouver la concentration du réactif A : $C_A = \frac{C_B \times V_E}{V_A}$

Titrage avec suivi conductimétrique

On peut suivre l'évolution de la conductivité d'un mélange. Imaginons le titrage des ions H_3O^+ par les ions HO^-. Lors du titrage, on observe deux phases.

Avant l'équivalence, les ions HO^- viennent neutraliser les ions H_3O^+ présents initialement dans la solution. La conductivité diminue car les ions H_3O^+ disparaissent.

Après l'équivalence, comme il n'y a plus d'ions H_3O^+, il n'y a plus de réaction. Les ions HO^- rajoutés font augmenter la conductivité.

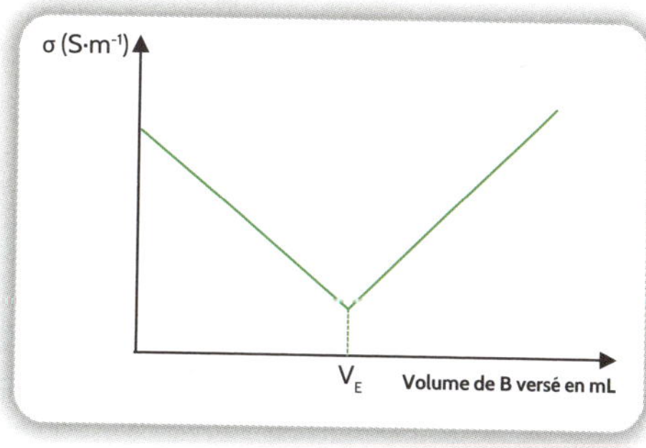

Exercices

01 QCM

Trouvez la ou les bonnes réponses.

1) Une solution d'acide éthanoïque a un pH égal à 3.

- ◯ **a)** La concentration des ions H_3O^+ est égale à 10^{-3} mol·L^{-1}.
- ◯ **b)** La concentration des ions H_3O^+ est égale à 10^{3} mol·L^{-1}.
- ◯ **c)** La concentration des ions H_3O^+ est égale à 3 mol·L^{-1}.

2) L'ammoniac NH_3 qui est une base :

- ◯ **a)** peut capturer un proton.
- ◯ **b)** peut céder un proton.
- ◯ **c)** a pour acide conjugué NH_2^-.
- ◯ **d)** a pour acide conjugué NH_4^+.
- ◯ **e)** appartient au couple NH_2^- / NH_3.
- ◯ **f)** réagit avec l'eau selon l'équation $NH_3 + H_2O = NH_4^+ + H_3O^+$
- ◯ **g)** réagit avec l'eau selon l'équation $NH_3 + H_2O = NH_4^+ + HO^-$

3) Dans un spectre infrarouge :

- ◯ **a)** la transmittance est en ordonnée.
- ◯ **b)** l'absorbance est en ordonnée.
- ◯ **c)** le nombre d'ondes est en abscisse.
- ◯ **d)** le nombre d'ondes est en ordonnée.
- ◯ **e)** plus une radiation est absorbée, plus la transmittance est faible.
- ◯ **f)** le nombre d'ondes est croissant de la gauche vers la droite.

4) La loi de Kohlrausch :

- ◯ **a)** est une relation de proportionnalité entre l'absorbance A d'une solution et sa concentration en quantité de matière *c*.
- ◯ **b)** est une relation de proportionnalité entre la conductivité σ d'une solution et sa concentration *c*.
- ◯ **c)** permet de déterminer la concentration d'un acide lors d'un titrage.

5) Le titre massique d'une solution :

- ◯ **a)** est la concentration massique de cette solution.
- ◯ **b)** s'exprime en mol·L^{-1}.
- ◯ **c)** s'exprime en g·L^{-1}.

6) Lors du dosage conductimétrique de l'acide éthanoïque CH_3COOH par les ions hydroxyde HO^- : conductivités molaire ionique CH_3COO^- : 4,1 mS·m^2·mol^{-1} ; HO^- : 19,8 mS·m^2·mol^{-1}

- ◯ **a)** la conductivité augmente avant l'équivalence et augmente davantage après l'équivalence.
- ◯ **b)** la conductivité diminue avant l'équivalence et augmente après l'équivalence.
- ◯ **c)** la conductivité augmente avant l'équivalence et diminue après l'équivalence.

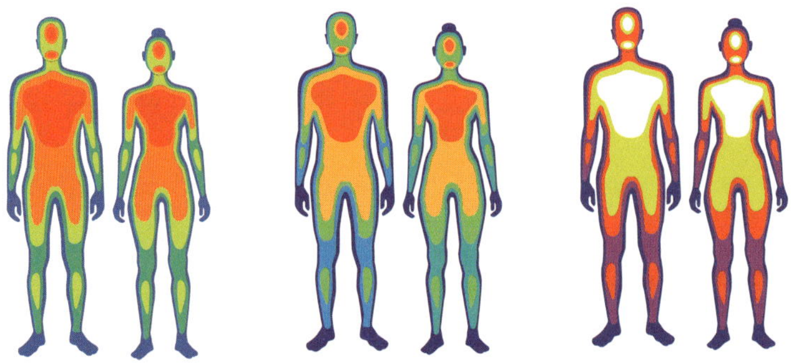

02 Mon alter ego

Dans le tableau ci-contre, écrivez la formule de la base conjuguée quand il s'agit d'un acide et l'acide conjugué quand il s'agit d'une base.

Acide	Base
H_2O	
	NH_3
	H_2O
CH_3COOH	
	HCO_2^-
$C_6H_5NH_3^+$	

03 Un titrage survitaminé !

On connaît tous les bienfaits de la vitamine C de formule brut $C_6H_8O_6$ (ou acide ascorbique) sur la santé. On souhaite vérifier l'inscription sur la boîte : 1000 mg. Pour cela, on prépare une solution S_0 de volume V_0 = 1000 mL de vitamine C en dissolvant un comprimé dans de l'eau distillée. On titre un volume V_A = 10 mL de cette solution S_0 par une solution S_B d'hydroxyde de sodium ($Na^+ + HO^-$), la soude, de concentration $C_B = 8{,}0 \times 10^{-2}$ mol·L⁻¹. Ce titrage est suivi par pH-métrie.

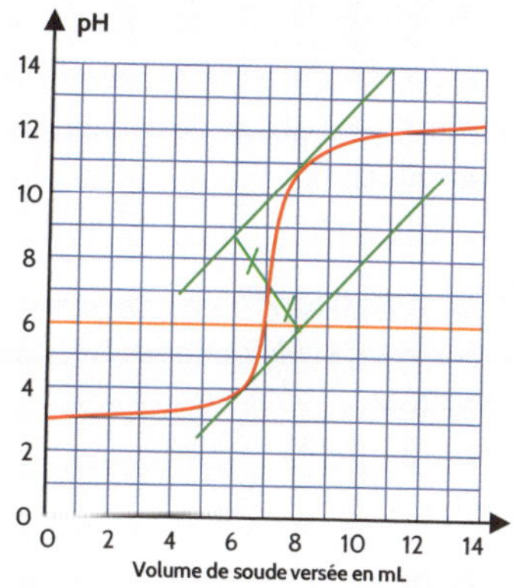

1) Écrivez l'équation de titrage.

2) Déterminez le volume équivalent.

3) Calculez la concentration d'acide ascorbique dans la solution S_0.

4) Quelle est la quantité de matière n_0 d'acide ascorbique dans la solution S_0 ?

5) Quelle est la masse m_0 d'acide ascorbique dans un comprimé ?

6) La masse trouvée est-elle conforme à ce qu'indique la boîte de comprimés ?

Modéliser l'évolution temporelle d'un système, siège d'une transformation

Suivi temporel d'une transformation chimique

Transformations lentes et rapides

Une **réaction** est considérée comme **rapide** lorsqu'elle semble terminée juste après la mise en contact des réactifs. De nombreuses réactions sont rapides : les réactions acido-basiques, les réactions de précipitations ou encore certaines réactions d'oxydoréduction. Une **réaction** est **lente** si elle dure de quelques secondes à quelques minutes. De nombreuses réactions sont lentes : réactions en chimie organique ou en biologie. Lorsque la vitesse de réaction n'est pas appréciable, la réaction est qualifiée d'infiniment lente ; le système est alors cinétiquement inerte.

Facteurs cinétiques

La cinétique chimique est l'étude de l'évolution temporelle des réactions chimiques. Plusieurs paramètres, appelés **facteurs cinétiques**, agissent sur la rapidité d'une réaction.

1) La concentration des réactifs

Plus les réactifs sont concentrés, plus la réaction est rapide. En effet, une concentration élevée des réactifs augmente la probabilité de contact entre eux, donc la probabilité qu'ils réagissent.

2) La température

Plus la température du système chimique est élevée, plus la réaction est rapide. La température augmente l'énergie cinétique des réactifs et la probabilité qu'une collision entre eux conduise à une réaction. Lors de travaux pratiques, on utilise des chauffe-ballons pour effectuer des **chauffages à reflux** afin d'accélérer les réactions. Au contraire, dans la vie quotidienne, on utilise des réfrigérateurs ou des congélateurs pour ralentir le périssement des denrées alimentaires.

3) Autres facteurs cinétiques

L'éclairement ou le choix des solvants peuvent influencer la vitesse de certaines réactions.

La catalyse

Dans l'industrie chimique, on ne peut pas se permettre d'attendre de longues heures qu'une réaction s'effectue. Outre l'influence des facteurs cinétiques, on utilise des réactifs qui accélèrent une réaction sans la perturber : les **catalyseurs**. Ils ne figurent pas dans l'équation de la réaction. On distingue deux types de catalyse :

- La **catalyse homogène** : le catalyseur et les réactifs sont dans la même phase. C'est un cas fréquent rencontré en salle de travaux pratiques quand le catalyseur et les réactifs sont liquides.
- La **catalyse hétérogène** : le catalyseur et les réactifs sont dans des phases différentes. Un pot d'échappement catalytique contient une mousse (solide) qui accélère la décomposition des produits d'échappement (gazeux).

Quand la réaction est catalysée par une enzyme, elle est qualifiée de catalyse enzymatique.

Vocabulaire

Chauffage à reflux : système de chauffage utilisé en salle de travaux pratiques ou dans l'industrie. En salle de TP, une colonne à reflux verticale installée sur un ballon permet de recondenser les vapeurs produites lors de la réaction afin de ne pas perdre de réactifs.

Vitesse d'une réaction chimique

Vitesse volumique et temps de demi-réaction

La **vitesse volumique d'une réaction** correspond à la quantité de matière formée ou disparue par unité de temps et de volume. Elle est liée à la variation de l'avancement x de la réaction en fonction du temps, c'est-à-dire la dérivée de l'avancement par rapport au temps.

$$v = \frac{1}{V}\frac{dx}{dt}$$

- v vitesse de la réaction en mol· L^{-1}· s^{-1}
- V volume de la solution en L
- x avancement en mol

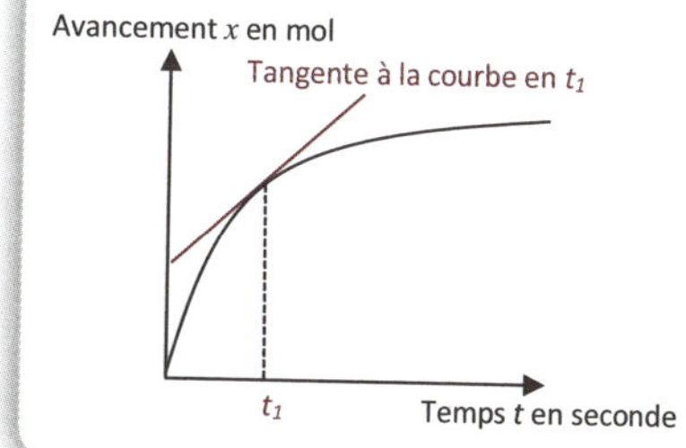

En pratique, si on s'intéresse à la vitesse de la réaction à un instant t_1 :
- on trace le graphique représentant l'avancement de la réaction en fonction du temps t,
- on trace la tangente au point d'abscisse t_1,
- on calcule le coefficient directeur de cette tangente,
- on divise par V le volume total de la solution.

On exprime également la vitesse d'une réaction à l'aide de la concentration des réactifs, des produits et des coefficients stœchiométriques. Pour une équation aA + bB → cC, la vitesse de réaction est égale à :

$$v = -\frac{1}{a}\frac{d[A]}{dt} = -\frac{1}{b}\frac{d[B]}{dt} = +\frac{1}{c}\frac{d[C]}{dt}$$

Le signe « - » traduit la disparition des réactifs, le signe « + » traduit l'apparition du produit.
La vitesse d'une réaction diminue au cours du temps à cause de l'épuisement des réactifs.

Le **temps de demi-réaction**, noté $t_{1/2}$, est la durée écoulée pour que la moitié des réactifs soient consommés. Pour $t = t_{1/2}$, l'avancement x est égal à la moitié de sa valeur finale x_{max}.

$$x(t_{1/2}) = \frac{x_{max}}{2}$$

Loi de vitesse d'ordre 1

La vitesse d'une réaction est d'ordre 1 si elle est proportionnelle à la concentration du réactif qui disparaît.

$$v = -\frac{1}{a}\frac{d[A]}{dt} = k[A]$$

C'est une **équation différentielle** dont la solution : $[A] = [A]_0\, e^{-akt}$ ou $[A]_0$ est la concentration molaire de l'espèce A à l'instant $t = 0$.
En pratique, pour vérifier que la vitesse est d'ordre 1, on trace **ln** [A] en fonction du temps : on doit trouver une droite d'équation $\ln [A] = \ln [A]_0 - akt$. Le coefficient directeur permet de trouver la constante k.

Vocabulaire

Équation différentielle : équation mathématique reliant une fonction f et sa fonction dérivée f'.

Ln : logarithme népérien, fonction inverse de la fonction exponentielle. On rappelle que $\ln(e^x) = x$ et $\ln(ab) = \ln a + \ln b$.

Modélisation microscopique

Les mécanismes réactionnels

Pour qu'une réaction ait lieu, les réactifs doivent entrer en collision. Il faut que cette collision ait suffisamment d'énergie pour qu'elle entraîne la formation des produits. L'équation d'une réaction modélise une transformation chimique à l'échelle macroscopique. Il se peut que cette transformation soit en fait constituée de plusieurs étapes à l'échelle microscopique.

Un **acte élémentaire** est l'une des étapes de la réaction chimique totale et qui traduit la réalité microscopique de la rencontre entre deux entités.
Un **mécanisme réactionnel** est l'ensemble des étapes de la réaction chimique, c'est-à-dire l'ensemble des actes élémentaires.
Un **intermédiaire réactionnel** est une entité (atome, molécule ou ion) produite au cours d'un acte élémentaire et qui disparaît complètement lors d'un autre acte élémentaire.

Exemple : envisageons l'hydrolyse du chlorure de tertiobutyle tBuCl d'équation : $tBuCl + H_2O = tBuOH + Cl^- + H^+$
Le mécanisme réactionnel est constitué de 3 actes élémentaires :
1) $tBuCl = tBu^+ + Cl^-$ **2)** $tBu^+ + H_2O = tBuOH_2^+$ **3)** $tBuOH_2^+ + BuOH + H^+$
L'entité tBu^+ apparaît dans l'acte élémentaire (1) et disparaît dans le (2) : c'est un intermédiaire réactionnel.
L'entité $tBuOH_2^+$ apparaît dans l'acte élémentaire (2) et disparaît dans le (3) : c'est un intermédiaire réactionnel.

Un catalyseur permet d'accélérer une réaction. C'est un intermédiaire réactionnel qui modifie le mécanisme réactionnel en augmentant le nombre d'actes élémentaires. Ces étapes plus nombreuses sont également plus rapides.

Le formalisme de la flèche courbe

Un acte élémentaire a lieu quand deux entités (quelquefois trois) interagissent parce que l'une possède un **site donneur d'électrons** et l'autre un **site accepteur d'électrons**.
- Un site donneur peut être un doublet non liant ou une double liaison.
- Un site accepteur d'électrons peut être un atome porteur d'une charge électrique positive ou une lacune électronique (symbolisé par un petit rectangle).

On modélise l'interaction entre ces deux sortes d'entités par une flèche courbe allant toujours **du site donneur d'électrons au site accepteur**. Cette flèche explique la formation ou la rupture des liaisons au cours de cet acte élémentaire.

- Si la flèche part d'une molécule et se dirige vers un atome n'appartenant pas à cette dernière, elle implique **l'apparition d'une nouvelle liaison**.

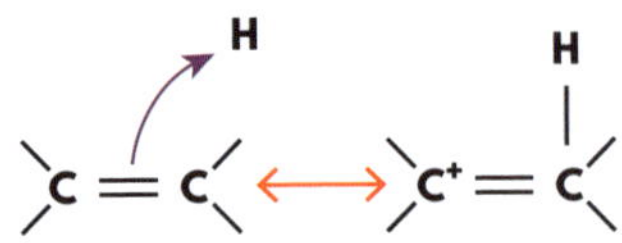

- À l'intérieur d'une molécule, si la flèche est dirigée vers un atome, elle implique **l'apparition d'un doublet non liant sur cet atome**.

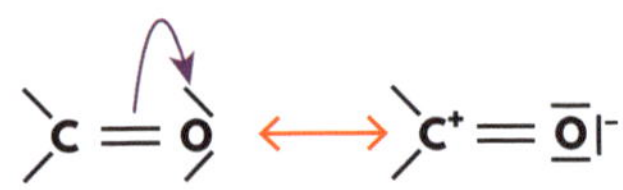

La radioactivité

Stabilité nucléaire

Certains noyaux d'atomes sont très stables, d'autres se désintègrent tout seul (radioactivité naturelle), d'autres se désintègrent sous le choc de particules (radioactivité artificielle). En se désintégrant, un atome est susceptible d'émettre 3 types de particules et un rayonnement électromagnétique :
- une particule α qui est un noyau d'hélium ^4_2He,
- une particule β^- qui est un électron,
- une particule β^+ qui est un positron,
- un rayonnement électromagnétique γ.

On rappelle que les isotopes sont des atomes qui ont le même numéro atomique Z, c'est-à-dire le même nombre de protons, mais qui n'ont pas le même nombre de neutrons N. Les isotopes d'un même élément peuvent être stables ou instables. Par exemple, le carbone 12 (6 protons + 6 neutrons), l'isotope le plus abondant, est stable. En revanche, le carbone 14 (6 protons + 8 neutrons) est radioactif donc instable.

Diagramme (N, Z)

Le diagramme du physicien Emilio Segrè, ou diagramme (N, Z) permet de voir en un coup d'œil l'ensemble des isotopes stables et instables et leur radioactivité correspondante.

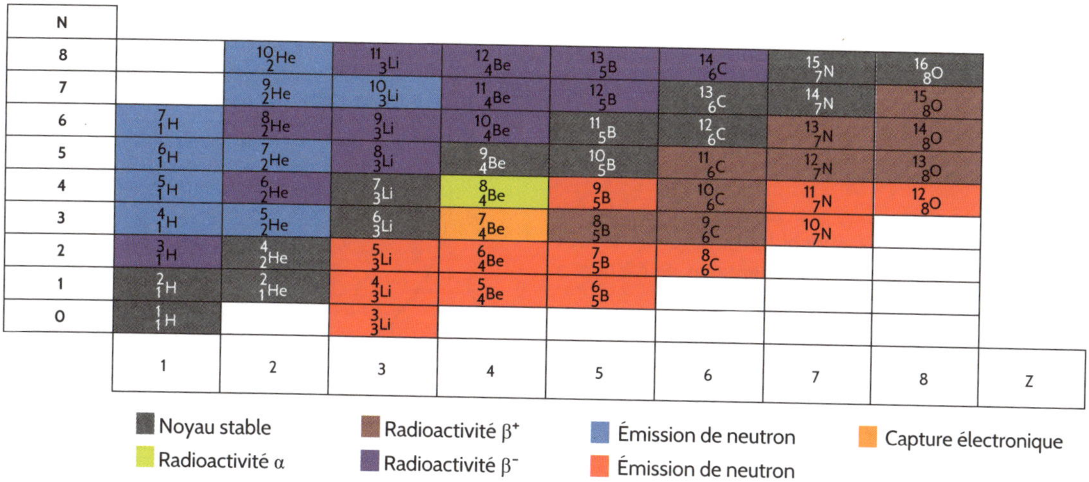

Les lois de conservation

Pour écrire les équations de désintégration nucléaire, il faut respecter deux lois de conservation :

- La **conservation du nombre de masse** (nombre de nucléons),
- La **conservation du nombre de charges** (nombre de protons).

Pour la radioactivité α, un noyau père $^{A}_{Z}X$ se transforme en un noyau fils $^{A-4}_{Z-2}Y$ et une particule alpha $^{4}_{2}He$.

$$^{A}_{Z}X \rightarrow {}^{A-4}_{Z-2}Y + {}^{4}_{2}He$$

Pour la radioactivité β⁻, un noyau père $^{A}_{Z}X$ se transforme en un noyau fils $_{Z+1}^{\ \ A}Y$, un électron $_{-1}^{\ 0}\beta$ et une particule d'antimatière un antineutrino $^{0}_{0}\bar{\upsilon}$.

$$^{A}_{Z}X \rightarrow {}_{Z+1}^{\ \ A}Y + {}_{-1}^{\ 0}\beta + {}^{0}_{0}\bar{\upsilon}$$

Pour la radioactivité β⁺, un noyau père $^{A}_{Z}X$ se transforme en un noyau fils $_{Z-1}^{\ \ A}Y$, un positron $_{+1}^{\ 0}\beta$ et un neutrino $^{0}_{0}\upsilon$.

$$^{A}_{Z}X \rightarrow {}_{Z-1}^{\ \ A}Y + {}_{+1}^{\ 0}\beta + {}^{0}_{0}\upsilon$$

La radioactivité : utilisations et dangers

Des noyaux radioactifs sont utilisés pour la datation d'objets anciens et pour l'imagerie médicale. Par exemple lors d'une scintigraphie, le patient reçoit des isotopes radioactifs sur les tissus que l'on cherche à explorer. Une caméra détecte ensuite les rayons gamma émis par le corps.

Les rayonnements de la radioactivité sont ionisants et peuvent affecter les molécules du vivant. Les rayonnements α et β sont peu pénétrants, il est facile de s'en protéger contrairement aux rayons γ. Ces derniers nécessitent des blindages. Les personnes exposées aux radiations portent des tenues adaptées au risque : tablier plombé, surchaussures, combinaisons, gants.

Suivi temporel d'une transformation nucléaire

Loi de décroissance radioactive

La probabilité que présente un noyau radioactif de se désintégrer pendant une seconde s'appelle la **constante radioactive** λ. Elle s'exprime en s^{-1}. Ce caractère probabiliste fait qu'on ne connaît jamais le moment où un noyau donné va se désintégrer. En revanche, on peut statistiquement prédire le comportement d'un grand nombre de noyaux.
Dans un échantillon de matière constitué de noyaux radioactifs, le nombre de noyaux $N(t)$ va décroitre au cours du temps. Si on appelle N_0 le nombre de noyaux initialement présents, $N(t) = N_0 \times e^{-\lambda t}$.

Période radioactive

La **période radioactive** (ou période de demi-vie), notée T, est le temps au bout duquel le nombre de noyaux initialement présents dans un échantillon de matière a été divisée par 2.
En s'aidant de la loi de décroissance, et en appliquant le logarithme népérien,

$\frac{N_0}{2} = N_0 \times e^{-\lambda T}$ donc $T = \frac{\ln 2}{\lambda}$

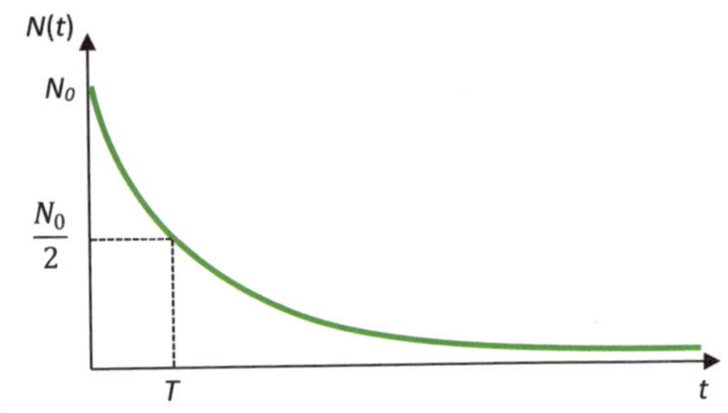

Activité d'une source radioactive

L'**activité** d'un échantillon radioactif est le nombre de noyaux qui se désintègrent par seconde. Elle est notée $A(t)$ et s'exprime en **becquerel (Bq)**. 1 becquerel = 1 désintégration par seconde. Elle est définie comme le produit de la probabilité λ et du nombre de noyau N.

$$\boldsymbol{A(t) = \lambda N_0 \times e^{-\lambda t}}$$

On rencontre quelquefois une ancienne unité pour l'activité : le **curie** (Ci).

$$1 \text{ Ci} = 3{,}7 \times 10^{10} \text{ Bq}$$

Application à la datation

Le carbone 14 $^{14}_{6}C$ se désintègre naturellement en azote 14 $^{14}_{7}N$. La datation par le carbone 14 se fonde sur la présence, dans tout organisme, de carbone 14 en infime proportion de l'ordre de 10^{-12} par rapport au carbone total (carbones 12, 13 et 14). Tant qu'il est vivant, un organisme a un taux de carbone 14 constant car il réalise des échanges avec l'atmosphère. À la mort de l'organisme, le carbone 14 commence à diminuer selon sa constante radioactive. Un échantillon de matière organique issu de cet organisme peut être daté en mesurant le rapport carbone 14/carbone total à l'aide d'un spectromètre de masse à accélérateur. Cet appareil permettant de compter directement les atomes de carbone 14 sans attendre leurs désintégrations comme dans les méthodes classiques de comptage.
Le carbone 14 permet de dater de la matière organique (animale et végétale) de quelques centaines d'années jusqu'à 50 000 ans.

01 QCM

Trouvez la ou les bonnes réponses.

1) Un catalyseur :

- **a)** accélère une réaction.
- **b)** ralentit une réaction.
- **c)** figure dans l'équation de la réaction.
- **d)** diminue le temps de demi-réaction.

2) La rapidité d'évolution d'un système :

- **a)** est d'autant plus rapide que les concentrations des réactifs sont faibles.
- **b)** ne dépend pas de la température.
- **c)** croît quand la température augmente.

3) La vitesse d'une réaction :

- **a)** s'exprime en $km \cdot h^{-1}$.
- **b)** s'exprime en $mol \cdot L^{-1} \cdot s^{-1}$.
- **c)** augmente au fur et à mesure de l'avancement de la réaction.
- **d)** décroît comme une parabole dans une loi d'ordre 1.

4) Un mécanisme réactionnel :

- **a)** est l'ensemble des actes élémentaires qui décrivent une réaction chimique.
- **b)** est modifié par la présence d'un catalyseur.
- **c)** est modifié par une augmentation de température.

5) En physique nucléaire :

- **a)** la radioactivité alpha correspond à l'émission d'électron.
- **b)** des isotopes ont le même nombre de neutrons mais un nombre de protons qui diffère.
- **c)** le diagramme (N, Z) permet de calculer le nombre de neutrons à partir du nombre de protons.
- **d)** il existe deux lois de conservation : celui du nombre de masse et celui du nombre de charge.
- **e)** la loi de décroissance radioactive est analogue à l'évolution de la concentration dans une réaction chimique d'ordre 1.

6) La période radioactive :

- **a)** est égale à $T = \frac{\ln 2}{\lambda}$, quel que soit le noyau.
- **b)** est égale à $T = \lambda \cdot \ln 2$, quel que soit le noyau.
- **c)** est la moitié du temps au bout duquel la totalité des noyaux radioactifs ont disparu.

7) L'activité d'une source radioactive :

- **a)** évolue suivant une exponentielle décroissante.
- **b)** se mesure en becquerel (Bq).
- **c)** se mesure en curie (Ci).
- **d)** permet, dans le cas du carbone 14, de dater l'âge d'objets métalliques datant de moins 500 ans.

Exercices

02 Pause-café

On veut détartrer une cafetière avec un détartrant qui contient de l'acide lactique $C_3H_6O_3$. L'acide lactique réagit avec une masse *m* de carbonate de calcium $CaCO_3$ contenu dans le tartre en produisant du dioxyde de carbone, des ions calcium, des ions lactate et de l'eau. La réaction n'est pas rapide et la quantité de dioxyde carbone formée est mesurée et donnée dans le tableau ci-dessous :

t (en s)	0	10	20	40	80	150	300	600
n(CO_2) (en mmol)	0	1,5	2,4	2,8	3,6	4,0	4,0	4,0

M ($CaCO_3$) = 100 g·mol^{-1}

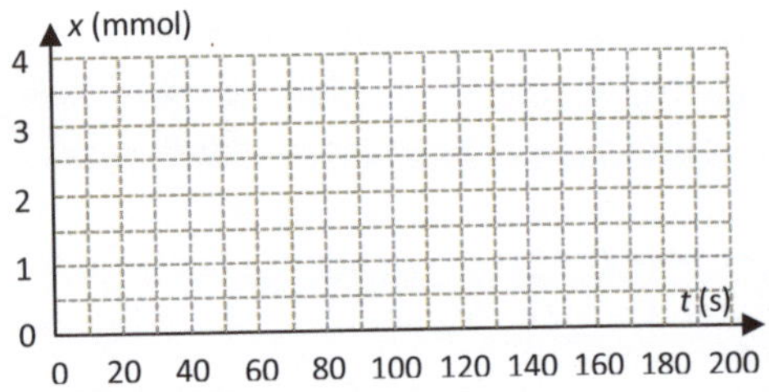

1) Écrivez l'équation de la réaction :

2) Donnez la relation entre la quantité de matière de CO_2 formé et l'avancement *x* de la réaction.

3) Tracez la courbe de l'avancement en fonction du temps sur le graphique ci-contre.

4) En déduire la masse *m* de tartre présente dans la cafetière et la durée *t* pour s'en débarrasser avec le détartrage.

5) Déterminez graphiquement le temps de demi-réaction.

6) Quel facteur pourrait influencer la vitesse de détartrage ?

03 Une pente glissante ...

La fabrication des savons s'appelle la saponification. Il s'agit d'hydrolyser un ester pour obtenir un ion carboxylate et un alcool. **Un mécanisme réactionnel possible est celui-ci :**

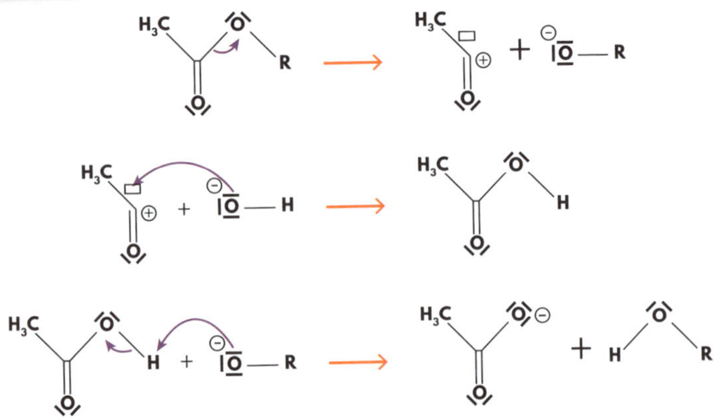

1) Combien y a-t-il d'actes élémentaires dans ce mécanisme réactionnel ?
2) Entourez en rouge et vert les deux intermédiaires réactionnels.
3) Que représente le petit rectangle sur l'un des ions ?

04 Irradié des listes

En tenant compte des lois de conservations lors des transformations nucléaires,

1) Complétez les équations ci-dessous.

a $^{13}_{8}O \rightarrow {}^{13}_{7}N + ... + {}^{0}_{0}\upsilon$

b $^{14}_{6}C \rightarrow ..... + {}^{0}_{-1}\beta + {}^{0}_{0}\bar{\upsilon}$

c $^{210}_{84}Po \rightarrow {}^{206}_{82}Pb + ...$

d $^{222}_{86}Rn \rightarrow .... + {}^{4}_{2}He$

e $^{11}_{6}C \rightarrow .... + {}^{0}_{+1}\beta + {}^{0}_{0}\upsilon$

f $^{1}_{0}n \rightarrow .... + {}^{0}_{-1}\beta + {}^{0}_{0}\bar{\upsilon}$

2) Précisez le type de radioactivité (α, β^+ ou β^-).

05 Vieux comme Mathusalem

La mesure de l'activité du carbone 14 d'un objet découvert dans la grotte de Lascaux est de 1,5 désintégration par minute par gramme de carbone. Celle d'un organisme vivant est de 13,6 désintégrations par minute et par gramme de carbone. La courbe ci-contre indique le nombre de désintégrations par minute et par gramme de carbone en fonction du temps.

1) À partir de la courbe, estimez la valeur de la demi-vie *T* du carbone 14.

2) La carbone 14 est radioactif β^-. Écrivez l'équation de sa désintégration.

3) Le terme « activité » est-il correctement utilisé ?

4) Estimez l'âge de l'objet de la grotte de Lascaux.

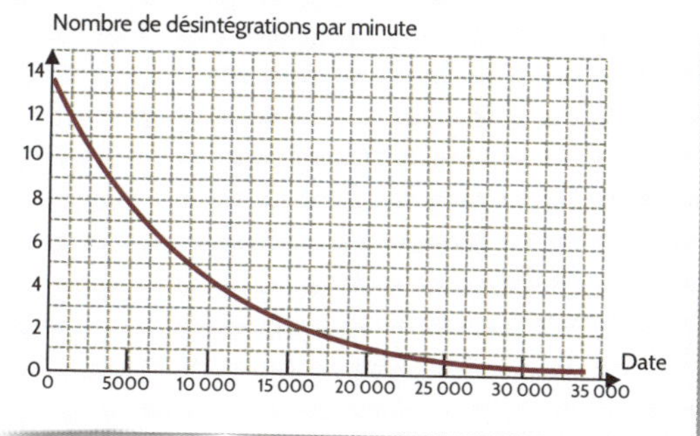

Prévoir l'état final d'un système, siège d'une transformation chimique

Évolution spontanée d'un système chimique

Transformations totales et limitées

Lorsque des réactifs sont mis en présence et qu'une réaction a lieu, on envisage deux situations :

- la réaction est **totale**, il y a un réactif limitant et l'avancement atteint une valeur x_{max} ;
- la réaction est **limitée** ou non totale. Il n'y a pas lieu de parler de réactif limitant puisqu'aucun des réactifs est totalement épuisé. L'avancement atteint une valeur x_f qui est toujours inférieure à une valeur x_{max} qu'on aurait atteinte si cette même réaction avait été totale.

Quotient de réaction et constante d'équilibre

On considère une équation équilibrée suivante : aA + bB = cC + dD.
Le **quotient de réaction *Qr*** est une grandeur sans dimension (sans unité) liée à cette équation et définie par :

$$Qr = \frac{[C]^c \times [D]^d}{[A]^a \times [B]^b}$$

Imaginons qu'à l'instant initial, on mette A et B en présence, il n'y a pas encore C et D. Alors, $Qr = 0$.
Au cours du temps, A et B disparaissent pendant que C et D apparaissent. Le numérateur augmente pendant que le dénominateur diminue, donc *Qr* augmente.
À l'équilibre, les concentrations de A, B, C et D n'évoluent plus. *Qr* est constant. On note *K* ce quotient de réaction à l'équilibre. *K* est la **constante d'équilibre** :

$$K = Qr,\text{éq} = \frac{[C]^c_{\text{éq}} \times [D]^d_{\text{éq}}}{[A]^a_{\text{éq}} \times [B]^b_{\text{éq}}}$$

Critère d'évolution spontanée

L'équation précédente, aA + bB $\underset{2}{\overset{1}{\rightleftarrows}}$ cC + dD, est une réaction équilibrée car la réaction peut se faire dans les deux sens opposés :

- le sens 1, le **sens direct** : disparition de A et B, apparition de C et D ;
- le sens 2, le **sens inverse** : disparition de C et D, apparition de A et B.

L'équilibre de la réaction est atteint quand les réactions directe et inverse s'effectuent à la même vitesse. On constate que les notions de « réactifs » et « produits » sont moins pertinents quand on envisage une réaction retour : on appelle néanmoins « réactifs » les espèces à gauche de la double flèche, comme d'habitude.
Quand on met en présence les 4 espèces chimiques A, B, C et D, on peut prévoir si la réaction aura plutôt tendance à se faire dans le sens 1 ou dans le sens 2. Il suffit de comparer *Qr* à l'instant initial et *K* :

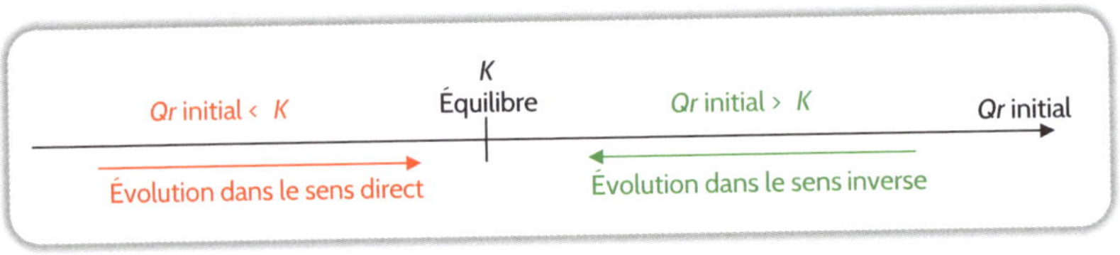

Fonctionnement d'une pile

Transformation spontanée d'une réaction d'oxydoréduction

Envisageons deux situations qui semblent similaires.
1) Plongeons une lame de zinc Zn dans une solution de sulfate de cuivre (composée d'ions cuivre Cu^{2+}).
2) Plongeons une lame de cuivre Cu dans une solution de sulfate de zinc (composée d'ions zinc Zn^{2+}).

On constate qu'il ne se passe quelque chose que dans la première situation : la plaque de zinc se recouvre de cuivre de couleur rougeâtre. Il s'est produit la réaction $Zn + Cu^{2+} \longrightarrow Zn^{2+} + Cu$.
Aucune réaction n'a lieu dans la situation n° 2. La réaction entre les ions zinc et le métal cuivre est impossible. Il est équivalent de dire que la réaction inverse de la situation n° 1 ne peut avoir lieu.

Demi-piles et pile

Ces réactions spontanées entre oxydants et réducteurs de deux couples d'oxydoréduction différents sont mises à profit dans le fonctionnement des piles. L'idée est de ne pas faire réagir directement les espèces mais de séparer les couples rédox en créant deux demi-piles :

- À la borne (-) de la pile, appelée anode, a lieu une oxydation : $Zn \longrightarrow Zn^{2+} + 2\,e^-$.
- À la borne (+) de la pile, appelée cathode, a lieu une réduction : $Cu^{2+} + 2\,e^- \longrightarrow Cu$.
- Le pont salin (ou pont ionique) ferme le circuit électrique.
- Globalement, la réaction d'oxydoréduction qui a lieu est : $Cu^{2+} + Zn \longrightarrow Zn^{2+} + Cu$.

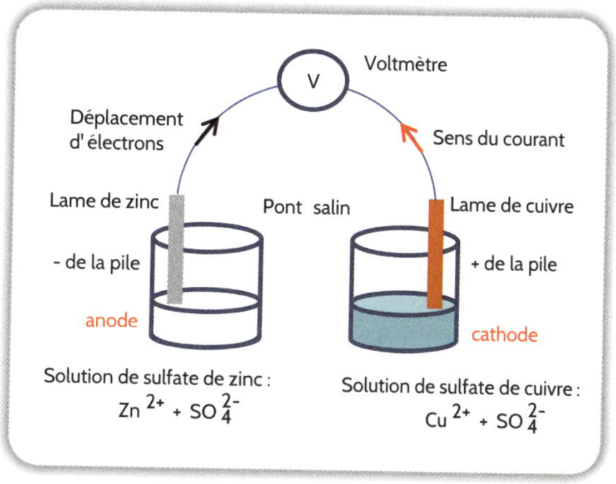

Capacité électrique d'une pile

La **capacité électrique** Q d'une pile est la quantité maximale de charge électrique qu'elle peut fournir au cours de son utilisation. Elle est égale au produit du courant fourni I par le temps d'utilisation t.

$$Q = I \times t \quad \begin{cases} I & \text{en ampère (A)} \\ t & \text{en seconde (s)} \\ Q & \text{en coulomb (C)} \end{cases}$$

On utilise également l'ampère-heure de symbole Ah (1 Ah = 3600 C) et le milliampère-heure (1 mAh = 3,6 C). Par exemple, une pile LR6 a une capacité égale à 2850 mAh et une batterie de voiture peut avoir une capacité de 30 Ah. Une pile s'use quand il n'y a plus de réactifs à faire réagir.
Outre le stockage électrochimique (piles et batteries), il existe d'autres types de stockage de l'électricité :
- stockage gravitaire (l'eau retenue dans un barrage),
- stockage thermodynamique (air comprimé),
- stockage d'énergie cinétique (volants d'inertie).

La force des acides et des bases

Constance d'acidité

Pour un couple acide/base AH/A- dont l'acide AH réagit avec l'eau selon la réaction $AH(aq) + H_2O(l) = A^-(aq) + H_3O^+(aq)$, la constante d'équilibre est appelée la **constance d'acidité** et est notée K_A. Cette constante, sans unité, est égale à :

$$K_A = \frac{[A^-]_{éq} \times [H_3O^+]_{éq}}{[AH]_{éq}}$$

De plus, on définit $pK_A = -\log K_A$, donc $K_A = 10^{-pKa}$.

Pour les couples acido-basiques, la constance d'acidité s'appelle le **produit ionique *Ke***.
Le produit ionique est égal à : $Ke = [HO^-]_{éq} \times [H_3O^+]_{éq}$. À 25 °C, $\mathbf{Ke = 10^{-14}}$.
De même, on définit $pK_e = -\log K_e$, donc $K_e = 10^{-pKe}$. À 25 °C, $\mathbf{pKe = 14}$.

L'échelle des pK_A pour classer les acides

Le pK_A est un nombre compris entre 0 et 14 quand le solvant est l'eau. Il caractérise l'aptitude d'un acide à céder un proton (ou une base à accepter un proton).
→ Plus un acide est fort, plus il cède facilement un proton, plus le pK_A de son couple est petit.
→ Plus une base est forte, plus elle capte facilement un proton, plus le pK_A de son couple est grand.

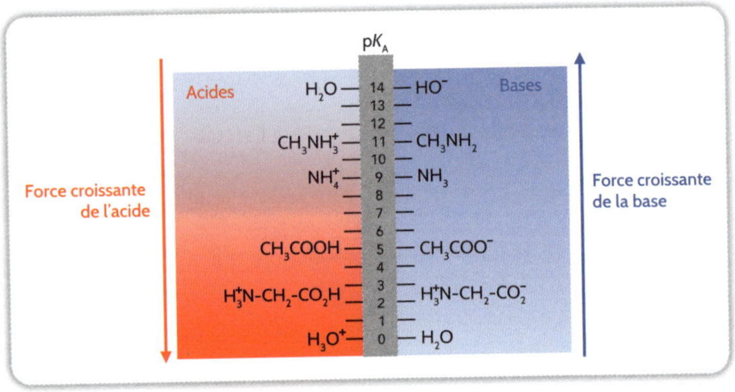

Les diagrammes de prédominance

Le pH d'une solution contenant un couple acido-basique AH/A^- permet, grâce au pK_A, de déterminer l'espèce prédominante :

- Si $pH = pK_A$, alors $[AH]_{éq} = [A^-]_{éq}$: aucune espèce ne prédomine ;
- Si $pH < pK_A$, alors $[AH]_{éq} > [A^-]_{éq}$. L'acide est prédominant ;
- Si $pH > pK_A$, alors $[AH]_{éq} < [A^-]_{éq}$. La base est prédominante.

Le diagramme de prédominance ci-dessous montre les domaines de prédominance de l'acide et de la base :

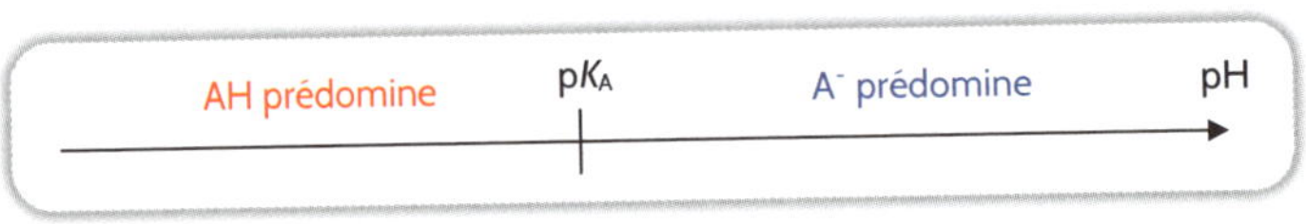

Le cas des acides forts

Tous les acides possédant un pK_A sont qualifiés de faibles ou moyens.
Un acide est **fort** quand sa réaction avec l'eau est **totale**. $AH(aq) + H_2O(l) \rightarrow A^-(aq) + H_3O^+(aq)$.
Un acide fort ne possède pas de pK_A.

Forcer le sens d'évolution d'un système

L'électrolyse

Dans une pile, un transfert spontané (et indirect) d'électrons a lieu entre un oxydant d'un couple et le réducteur d'un autre couple. Cette réaction crée un courant électrique dans un circuit à l'extérieur de la pile. La transformation de l'énergie chimique en énergie électrique se fait spontanément.
À l'inverse, une **réaction d'électrolyse** permet la conversion d'énergie électrique en énergie chimique. On impose un courant électrique à un système chimique pour forcer une réaction qui n'aurait pas eu lieu naturellement. L'apport d'électrons extérieurs permet de faire évoluer le système dans le sens contraire de son sens d'évolution spontané.

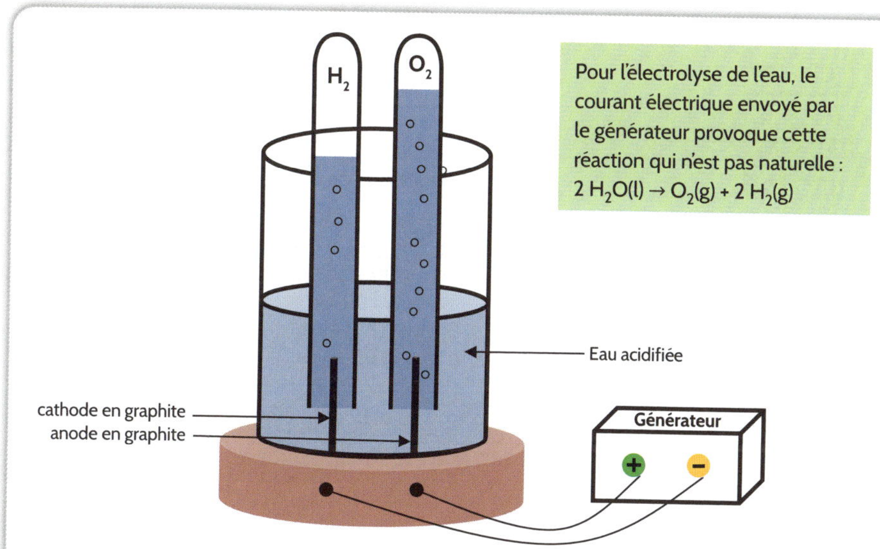

Pour l'électrolyse de l'eau, le courant électrique envoyé par le générateur provoque cette réaction qui n'est pas naturelle : $2\,H_2O(l) \rightarrow O_2(g) + 2\,H_2(g)$

La cathode reçoit des électrons de la borne « - » du générateur. Il s'y passe la réduction suivante :
$2\,H_2O + 2e^- \rightarrow H_2 + 2OH^-$
Côté anode, les molécules d'eau subissent la réaction d'oxydation suivante :
$2\,H_2O \rightarrow O_2 + 4H^+ + 4e^-$
La réaction produit deux fois plus de dihydrogène que de dioxygène. Les coefficients stœchiométriques (« 1 » pour le dioxygène, « 2 » pour le dihydrogène) confirme le fait d'obtenir un volume de dihydrogène deux fois plus important que le volume de dihydrogène.

Quantité de matière et durée d'électrolyse

Si on connaît l'intensité I du courant et la durée de l'électrolyse Δt, alors la quantité d'électricité Q qui traverse l'électrolyseur est égale à $\boldsymbol{Q = I \times \Delta t}$.

La **constante de Faraday**, notée F, est la charge électrique d'une mole de charges élémentaires. Elle est égale à $F = 96\,500$ C·mol^{-1}. Elle permet de déterminer la quantité de matière d'électrons n_e qui transite dans l'électrolyseur :

$$n_e = \frac{Q}{F}$$

Exercices

01 QCM

Trouvez la ou les bonnes réponses.

1) Pour une réaction, aA + bB = cC + dD, le quotient de réaction *Qr* :

- ○ **a)** permet de savoir dans quel sens va évoluer la réaction.
- ○ **b)** est égal à $\frac{[C]^c \times [D]^d}{[A]^a \times [B]^b}$
- ○ **c)** est égal à $\frac{[A]^a \times [B]^b}{[C]^c \times [D]^d}$

2) Pour une réaction donnée, la constante d'équilibre *K* :

- ○ **a)** est égale à la constante de réaction *Qr* à l'équilibre.
- ○ **b)** sert de référence à la constante de réaction *Qr* pour connaître le sens d'évolution de la réaction.
- ○ **c)** vaut $K_A = \frac{[A^-]_{éq} \times [H_3O^+]_{éq}}{[AH]_{éq}}$ pour la réaction d'un acide AH sur l'eau.
- ○ **d)** vaut $K_A = \frac{[AH]_{éq}}{[A^-]_{éq} \times [H_3O^+]_{éq}}$ pour la réaction d'un acide AH sur l'eau.

3) Une pile :

- ○ **a)** doit son fonctionnement à une réaction spontanée entre deux couples rédox.
- ○ **b)** possède un pôle + où se produit une oxydation.
- ○ **c)** possède un pôle - où se produit une oxydation.
- ○ **d)** a une capacité qui s'exprime en ampère.

4) Pour les acides et les bases :

- ○ **a)** $pK_A = \log K_A$
- ○ **b)** si $K_A = 10^{-3}$, alors $pK_A = -3$
- ○ **c)** plus le pK_A d'un couple acide/base est petit, plus l'acide est fort.
- ○ **d)** plus le K_A d'un couple est grand, plus la base est faible.
- ○ **e)** pour un couple acido-basique AH/A^-. si $pH < pK_A$, alors $[AH]_{éq} < [A^-]_{éq}$.
- ○ **f)** le produit ionique de l'eau K_e est égale à 10^{14}.
- ○ **g)** un acide est fort quand sa réaction avec l'eau est très limitée.

5) L'électrolyse :

- ○ **a)** est une réaction chimique spontanée.
- ○ **b)** fait transiter une quantité d'électricité *Q* égale à $I \times t$.
- ○ **c)** transforme une énergie chimique en une énergie électrique.

02 On a la banane !

L'éthanoate de butyle est un ester qui a une odeur de banane. On l'obtient en faisant réagir l'acide éthanoïque sur le butan-1-ol selon l'équation :

CH_3COOH (l) + $CH_3CH_2CH_2CH_2OH$ (l) = $CH_3COOC_4H_9$ (l) + H_2O (l) Constante de réaction $K = 4$.

Données **CH_3COOH :**
masse molaire : 60,1 g·mol^{-1}, et masse volumique 1,05 g·mL^{-1}.
$CH_3CH_2CH_2CH_2OH$:
masse molaire : 74,1 g·mol^{-1}, et masse volumique 0,81 g·mL^{-1}.

On place dans un ballon 58,0 mL d'acide éthanoïque pur, 92,0 mL de butan-1-ol et quelques gouttes d'acide sulfurique concentré. On chauffe à reflux le milieu réactionnel. L'avancement de la réaction est suivi ainsi : à intervalle régulier, on prélève quelques mL du milieu réactionnel, on réalise une trempe et on dose l'acide éthanoïque par de la soude.

1) Calculez les quantités de matières initiales des deux réactifs.

2) À la date t = 30 min, il reste 0,248 mol d'acide éthanoïque. Calculez le quotient de réaction à la date t = 30 min. Le système est-il à l'équilibre ?

3) Calculez le rendement final de la synthèse.

4) Une réaction d'estérification est lente et limitée.
a) Quel est le facteur cinétique mis en jeu dans le protocole ?
b) Pour augmenter le rendement de la réaction, on peut :
– travailler en large excès d'un réactif,
– éliminer un des produits au cours de sa formation.

5) Pourquoi ces deux choix expérimentaux permettent de déplacer l'équilibre ?

03 Tout pile ! (d'après Bac 2008- Amérique du Sud)

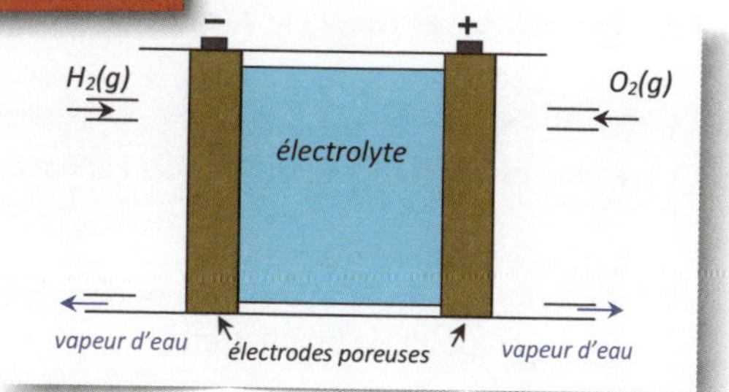

Une cellule de pile à hydrogène est constituée de deux électrodes poreuses séparées par un électrolyte (acide dans le cas présent). À la borne négative, le dihydrogène réagit suivant l'équation :

$H_2(g) = 2\,H^+(aq) + 2\,e^-$

À la borne positive, le dioxygène réagit suivant l'équation :

$O_2(g) + 4\,H^+(aq) + 4\,e^- = 2\,H_2O(l)$

L'équation de fonctionnement de la pile s'écrit alors :

$O_2(g) + 2\,H_2(g) = 2\,H_2O(l)$

Des essais montrent qu'une voiture munie d'un moteur électrique alimenté par une pile à hydrogène consomme 2,5 kg de dihydrogène pour parcourir 500 km en 6 h 40 min.

Données Masse molaire atomique de l'hydrogène : M(H) = 1,00 g.mol^{-1}
1 faraday (1F) = 9,65 × 10^4 C.mol^{-1}
Constante d'Avogadro : N_A = 6,02 × 10^{23} mol^{-1}
Charge électrique élémentaire : e = 1,60 × 10^{-19} C

1) Calculez la quantité de matière de dihydrogène consommée pendant la durée du trajet.

2) En déduire la quantité d'électrons (en mol) qui circule dans le circuit extérieur (on pourra s'aider d'un tableau descriptif de l'évolution du système).

3) Calculez la quantité d'électricité totale débitée par la pile, puis l'intensité du courant, supposée constante pendant la durée du trajet.

Remarque : l'intensité calculée, très grande, ne correspond pas à la réalité car, dans une voiture, plusieurs éléments de pile sont montés en série.

Élaborer des stratégies en synthèse organique

Nomenclature I

La chimie organique est la chimie du carbone et de ses composés. Elle occupe une place capitale dans l'industrie chimique : raffinage de combustibles, production de matières plastiques, production de textiles, synthèses de médicaments, de peintures, de cosmétiques, d'insecticides… Savoir reconnaître et nommer les différentes familles semble donc indispensable pour parler le même langage et se faire comprendre. Voici de nouvelles familles :

Les esters

Un **ester** est un composé de formule générale :

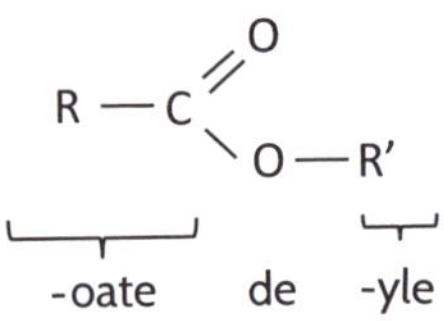

- Le groupement R se finit en « **oate** ».
- Le groupement R' se finit en « **yle** ».

Exemple : éthanoate de propyle

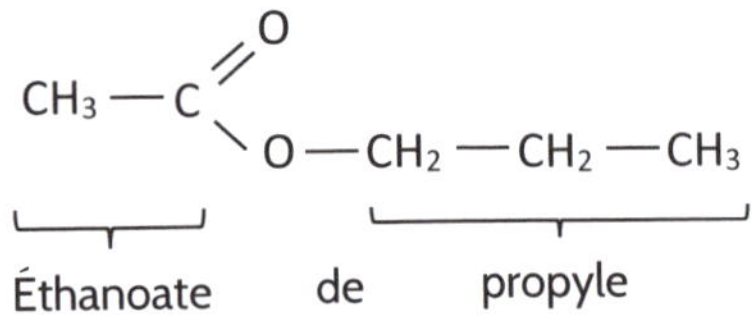

Les amines

Une **amine** est un composé de formule générale :

R, R' et R'' : atome H ou chaîne carbonée

- On rajoute le suffixe « amine » en précisant la position.
- On rajoute la lettre « N » si l'atome d'azote est relié à un groupe alkyle (méthyl, éthyl…)

Exemple : N-méthylbutan-2-amine
(Un groupement amine sur le 2e carbone et un groupement méthyl sur l'atome N)

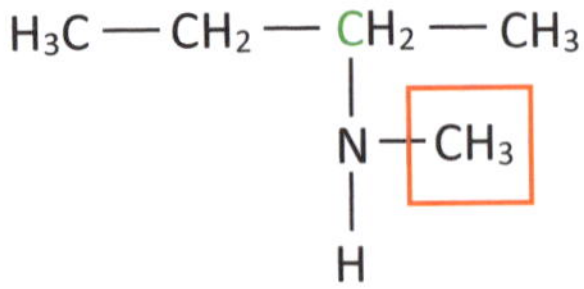

Les amides

Un **amide** est un composé de formule générale :

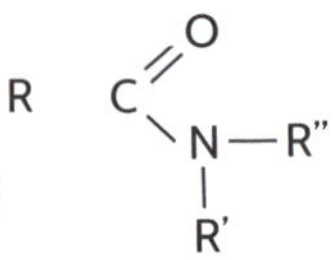

R, R' et R'' : atome H ou chaîne carbonée

- On rajoute le suffixe « amide ».
- On rajoute la lettre « N » si l'atome d'azote est relié à un groupe alkyle (méthyl, éthyl …)

Exemple : N-méthyl-2-méthylbutanamide
(Un groupement amide qui se trouve toujours en bout de chaîne donc inutile de préciser une position, un groupement méthyl sur l'atome N, un groupement méthyl sur le 2e carbone en partant du groupement amide)

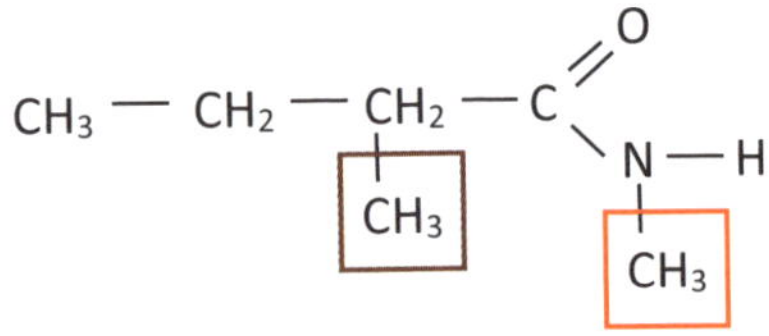

Les halogénoalcanes

Un **halogénoalcane** est un composé organique qui possède au moins un atome d'halogène (F, Cl, Br et I)
Exemple : 2-bromo-3-méthylbutane

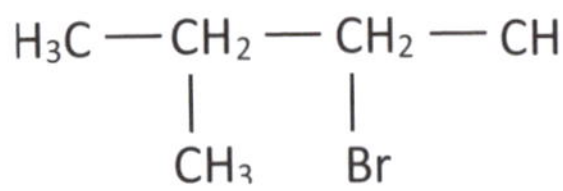

Nomenclature II

La formule topologique

La formule topologique est une représentation simplifiée des molécules dans laquelle on ne représente ni les atomes de carbone, ni les atomes d'hydrogène. Seuls sont représentés :
- les atomes autres que le carbone et l'hydrogène,
- les liaisons entre les atomes de carbone.

Exemple : la propanone 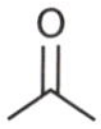

Squelettes carbonés insaturés, squelettes cycliques

Le squelette carboné ou la chaîne carbonée est l'enchaînement des atomes de carbone liés entre eux par des liaisons covalentes dans une molécule de chimie organique. Le carbone a la possibilité de faire 4 liaisons de trois manières différentes :
- 4 liaisons simples, la chaîne carbonée est alors **saturée**,
- 2 liaisons simples et une liaison double, la chaîne carbonée est **insaturée**, comme dans le propène 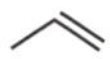 ;
- 1 liaison simple et une liaison triple, la chaîne carbonée est **insaturée,** comme dans le propyne  .

Quand tous les atomes de carbone du squelette ne sont liés qu'à un seul ou deux autres atomes de carbone, la chaîne est **linéaire**. Lorsqu'au moins un des atomes est lié à plus de deux autres atomes de carbone, la chaîne est **ramifiée**. Lorsqu'une partie du squelette est fermée, la chaîne est **cyclique**, comme dans le cyclohexane. 

Isomères de constitution

Les **isomères de constitution** sont des composés qui diffèrent par l'enchaînement des atomes. On distingue trois sortes :
- les isomères de chaîne comme le butane  et le méthylpropane 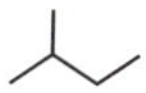 ;
- les isomères de position : un groupe caractéristique ou une insaturation occupe une position différente sur le même squelette carboné, comme le but-1-ène 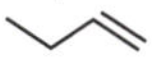 et le but-2-ène 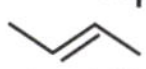 ;
- les isomères de fonction : les isomères portent des groupes fonctionnels différents, comme l'éthanol 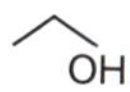 et le méthoxyméthane 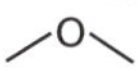 .

Les polymères

Un polymère est une molécule constituée d'une chaîne de molécules semblables, appelée monomères. Il existe :
- des polymères naturels : cellulose, caoutchouc, protéine, laine ;
- des polymères synthétiques :
  - le polyéthylène $-(CH_2-CH_2)-_n$ est constituée d'une chaîne de molécule d'éthène (ou éthylène) $CH_2=CH_2$. Le polyéthylène est utilisé dans les sacs plastiques ou les sacs poubelles ;
  - le polychlorure de vinyle, utilisé dans les canalisations, est un enchaînement de chlorure de vinyle $H_2C=CH-Cl$;
  - le polystyrène est utilisé pour les emballages.

On les obtient de deux façons différentes :
- polyaddition : on additionne les monomères : il n'y a pas de pertes d'atomes ;
- polycondensation : les monomères réagissent entre eux pour former le polymère et une petite molécule.

Optimisation d'une étape de synthèse

Les paramètres expérimentaux

Pour effectuer une synthèse en chimie organique, l'expérimentateur choisit :

- La **température** qui détermine l'état physique des réactifs (solide, liquide, gaz) et joue un rôle sur la cinétique ;
- La **durée de réaction** : il faut trouver un compromis entre un temps long qui permet de consommer la totalité des réactifs et une attente raisonnable ;
- Le **solvant** qui a une influence sur la solubilisation des réactifs mais est également un facteur cinétique ;
- Le **pH** qui influence la solubilité des réactifs, la cinétique et permet d'éviter certaines réactions parasites.

Choix du montage

Pour effectuer une synthèse organique, l'expérimentateur choisit :

- L'**agitation** : pour homogénéiser les concentrations et la température et solubiliser les réactifs ;
- L'**ampoule de coulée** : pour ajouter progressivement l'un des réactifs ;
- Le **montage à reflux** : pour augmenter la température du milieu sans perte par évaporation. Des grains de pierre ponce régulent l'ébullition.

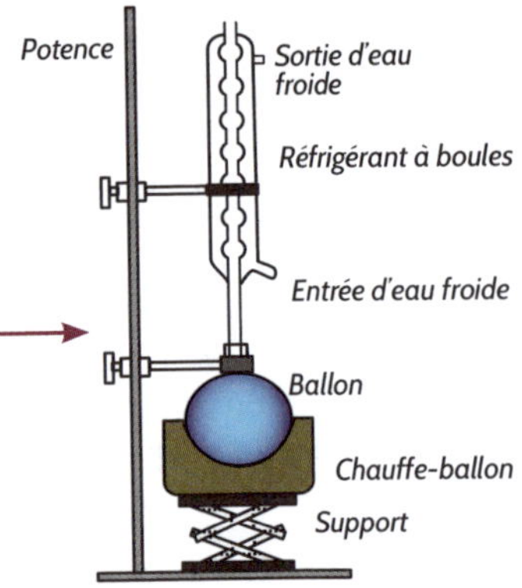

Traitements du milieu réactionnel

Une fois la synthèse faite, l'expérimentateur choisit :

- L'**extraction avec une ampoule à décanter** : pour laver une phase organique si les impuretés sont en phases aqueuses, pour extraire un produit cherché ;
- Le **séchage de la phase organique** : le sulfate de magnésium anhydre capte les traces d'eau ;
- L'**évaporation** du solvant : faible température des solvants courants ;
- La **filtration** par Büchner : sépare un solide d'un liquide.

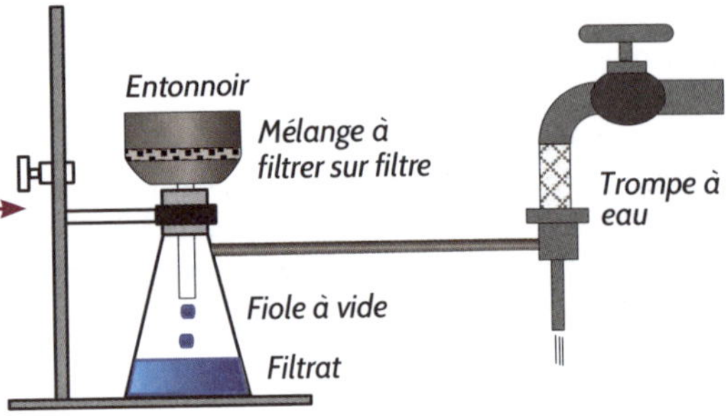

Techniques d'analyse

Pour vérifier l'identité des produits obtenus, l'expérimentateur choisit :

- la **chromatographie sur couche mince**,
- les **spectroscopies IR, UV-visible, RMN**,
- le **banc Kofler** pour déterminer la température de fusion des composés.

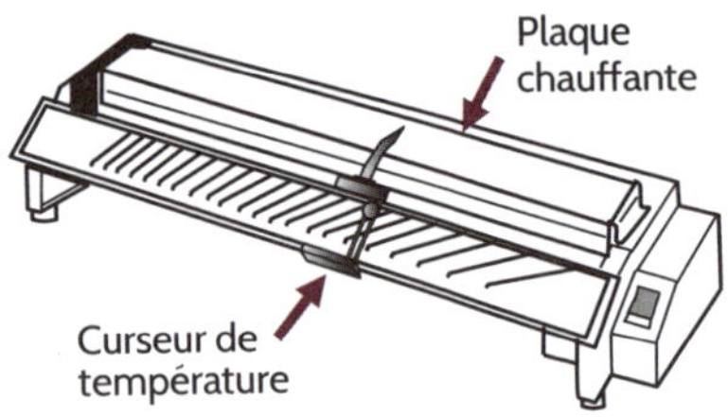

Rendement d'une réaction

Le **rendement** ρ d'une synthèse organique est le quotient de la quantité maximale du produit P obtenu n_P par la quantité maximale attendue n_{max} :

$$\rho = \frac{n_P}{n_{max}}$$

Le rendement n'a pas d'unité et s'exprime en pourcentage.
Pour augmenter le rendement, on peut introduire un réactif en excès pour favoriser la réaction dans le sens direct.

Stratégie de synthèse multi-étapes

Modification de chaîne carbonée

- Le **craquage catalytique** consiste à casser, en présence de catalyseurs, des molécules d'hydrocarbures à longue chaîne carbonée pour obtenir des molécules plus petites.
- Le **vapocraquage** est un craquage d'alcanes en présence de vapeur d'eau pour obtenir des alcènes.
- L'**isomérisation** transforme les alcanes linéaires en alcanes ramifiés.
- La **cyclisation** permet d'obtenir des cyclanes et du dihydrogène.
- L'**alkylation** permet de rallonger un alcane en le faisant réagir avec un alcène.

Modification de groupe caractéristique

Il existe trois sortes de réaction pour transformer le groupe caractéristique d'une molécule.

- Dans une **réaction de substitution**, un atome (ou groupe d'atomes) est remplacé par un autre.
- Dans une **réaction d'addition**, des atomes ou groupes d'atomes sont ajoutés à des liaisons doubles (ou triples).
- Dans une **réaction d'élimination**, des atomes ou groupes d'atomes sont éliminés pour former des liaisons doubles (ou triples).

Protection et déprotection

- Un **composé polyfonctionnel** est un composé possédant plusieurs groupes caractéristiques.
- Un réactif est **chimiosélectif** si, réagissant sur un composé polyfonctionnel, il ne provoque la transformation que de certains groupes caractéristiques. La réaction est alors **sélective**.
- Un **groupe protecteur** est un groupe caractéristique, créé dans la molécule d'un composé polyfonctionnel afin de bloquer la réactivité de l'une de ses fonctions. Cette fonction est **temporairement transformée** en une autre fonction.

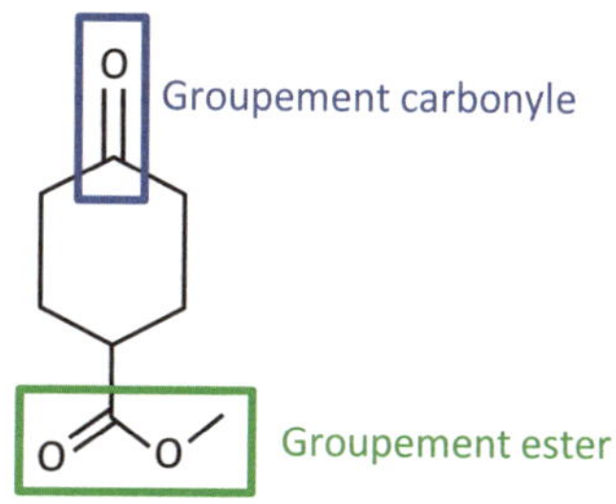

Composé polyfonctionnel

Dans la molécule ci-contre, on veut réduire la fonction ester en fonction alcool. Le problème est que l'on risque également de réduire la fonction cétone en fonction alcool. On va donc protéger le groupement carbonyle (la fonction cétone).

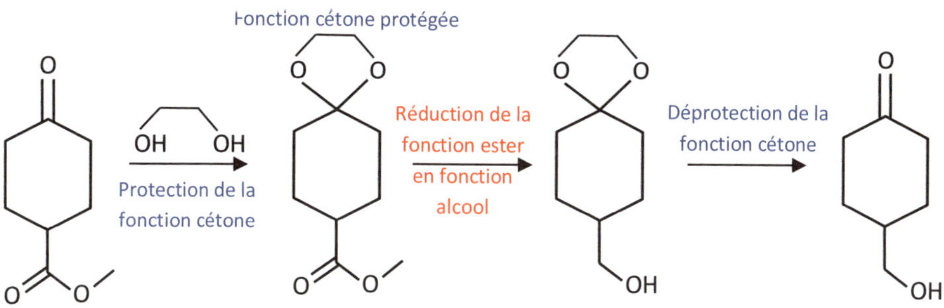

Synthèses écoresponsables

Une **synthèse écoresponsable** permet de réduire l'empreinte environnementale :
- en limitant la quantité de matière des réactifs et/ou des solvants ;
- en utilisant des espèces peu dangereuses et/ou renouvelables ;
- en limitant l'apport d'énergie à apporter à une réaction (faibles températures, utilisation de catalyeur).

Exercices

01 Du nom à la formule

Écrivez la formule topologique des composés suivants et précisez à quelle famille ils appartiennent.

1) 3-méthylbutan-2-ol :

2) 2,4 diméthylhexan-3-one :

3) acide 2-méthylpentanoïque :

4) 3-méthylpentanal :

5) Butanoate de propyle :

6) N-méthyl-2-méthylbutanamide :

7) Butan-2-amine :

8) 2-chloro-2-méthylbutane :

02 De la formule au nom

Donnez le nom des molécules suivantes.

1
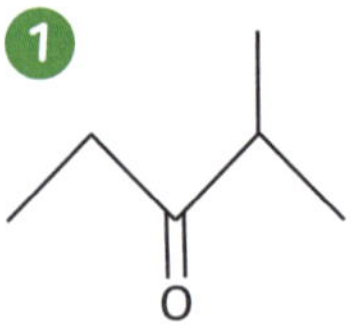

2
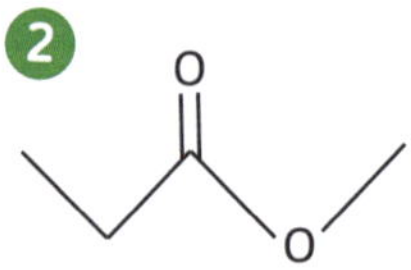

3
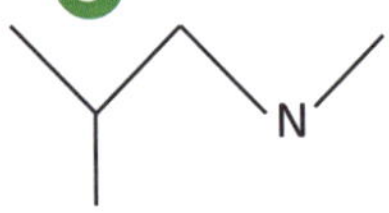

4
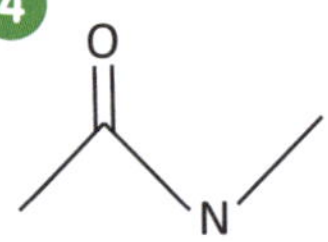

5
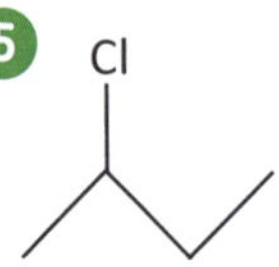

03 Isomères, un nouvel espoir

Trouvez tous les esters de formules brutes $C_4H_8O_2$. Dessinez-les en formule topologique et nommez-les.

04 Les isomères contre-attaquent

Trouvez tous les amines de formules brutes $C_4H_{11}N$. Dessinez-les en formule topologique et nommez-les.

05 Le retour des isomères

Trouvez tous les amides de formules brutes $C_4H_{11}NO$. Dessinez-les en formule topologique et nommez-les.

06 Passer à l'orange ... (d'après Bac S 2017 – Métropole)

La peau des oranges contient une huile essentielle constituée principalement de R-limonène qui est responsable de leur odeur caractéristique. Le R-limonène sert de matière première pour produire des arômes dans l'industrie agroalimentaire, comme la R-carvone. On s'intéresse à la synthèse de la R-carvone à partir du R-limonène. À partir de l'écorce de six oranges, on recueille 3,0 mL d'huile essentielle et le rendement est de 30 %.

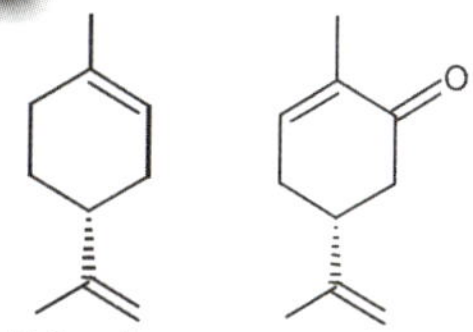

La synthèse de la R-carvone s'effectue à partir du R-limonène en trois étapes schématisées ainsi :

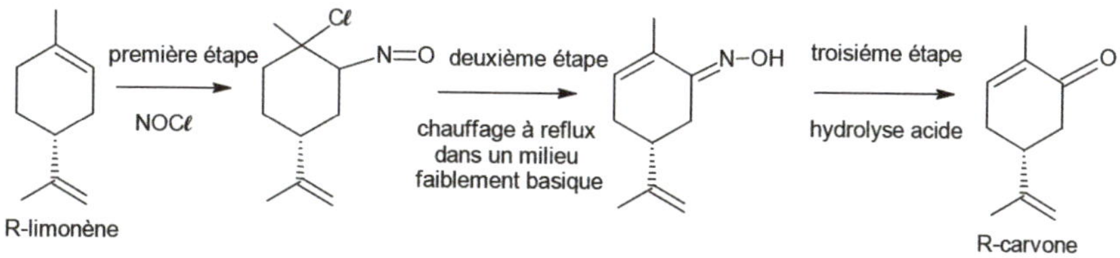

La première étape de cette synthèse est décrite ci-dessous. La réaction entre le limonène et le chlorure de nitrosyle NOCℓ en excès permet, après filtration, de recueillir un produit sous forme solide : le nitrosochlorure de limonène.

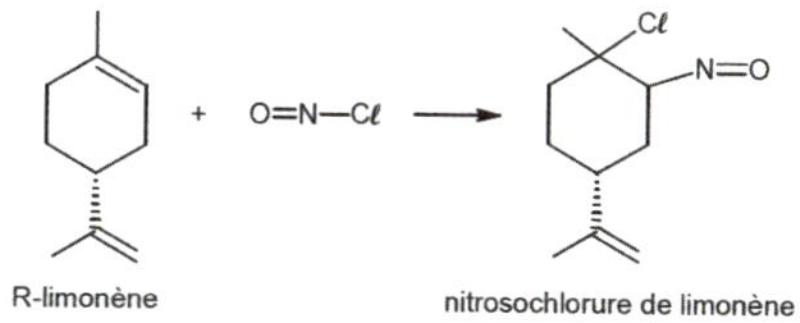

À l'issue de la synthèse, on recueille un mélange constitué de deux phases : une phase aqueuse et une phase organique constituée principalement de R-carvone. Cette phase organique est séparée de la phase aqueuse à l'aide d'une ampoule à décanter, puis la phase organique est séchée.

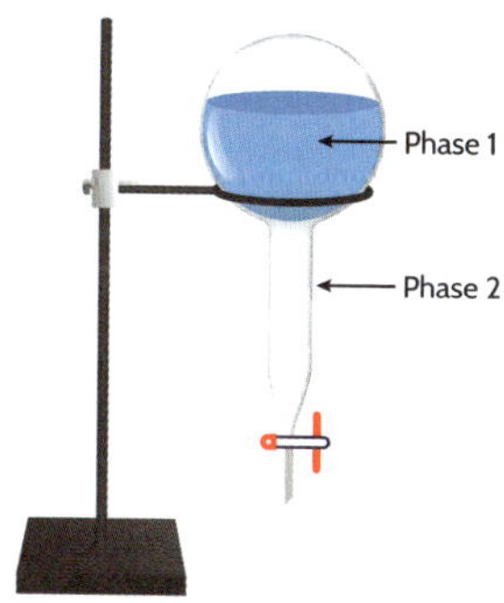

1) Indiquez la catégorie de la réaction mise en jeu lors de la première étape de la synthèse.

2) Le schéma de l'ampoule à décanter utilisée à l'issue de l'étape 3 de la synthèse est donné ci-dessus. Identifier la phase (phase 1 ou phase 2) où se situe la R-carvone.

3) Vérifiez que la quantité de matière de R-limonène nécessaire à la synthèse de 13 g de R-carvone est égale à 0,29 mol.

4) Estimez le nombre d'oranges nécessaire pour synthétiser 13 g de R-carvone à partir du R-limonène extrait des peaux d'oranges.

Espèce chimique	R-limonène	Nitrosochlorure de limonène	R-carvone	Eau
Masse molaire moléculaire ($g{\cdot}mol^{-1}$)	136,0	201,5	150,0	18,0
Masse volumique ($g{\cdot}mL^{-1}$)	0,84	-	0,96	1,0

Bilan

Déterminer la composition d'un système en chimie

Par des méthodes physiques	→	Loi de Beer-Lambert, Loi de Kohlrausch Spectroscopie infrarouge
Par des méthodes chimiques	→	Titrage avec suivi pH-métrique, Titrage avec suivi conductimétrique

Évolution d'un système en chimie, suivi temporel

Pour accélérer une réaction	→	Augmentation de la concentration des réactifs, augmentation de la température, utilisation d'un catalyseur

État final d'un système en chimie

Pour connaître l'état final	→	Comparaison du quotient de réaction et de la constante d'équilibre
Pour exploiter une réaction d'oxydoréduction spontanée	→	La pile
Pour forcer le sens d'évolution d'une réaction	→	L'électrolyse

Mouvement et interactions

Décrire un mouvement

Des vecteurs bien utiles

Le vecteur position

Dans un repère $(O, \vec{i}, \vec{j})$ lié à un référentiel, un point M est repéré par les coordonnées cartésiennes $\binom{x}{y}$ de son **vecteur position** $\overrightarrow{OM}$. Les coordonnées *x* et *y*, dépendant du temps, sont appelées les **équations horaires** du mouvement.
Exprimé dans la base $(\vec{i}, \vec{j})$, $\overrightarrow{OM} = x(t)\vec{i} + y(t)\vec{j}$.
De manière simplifiée, $\overrightarrow{OM} = x\,\vec{i} + y\,\vec{j}$.
x et *y* s'expriment en mètre.

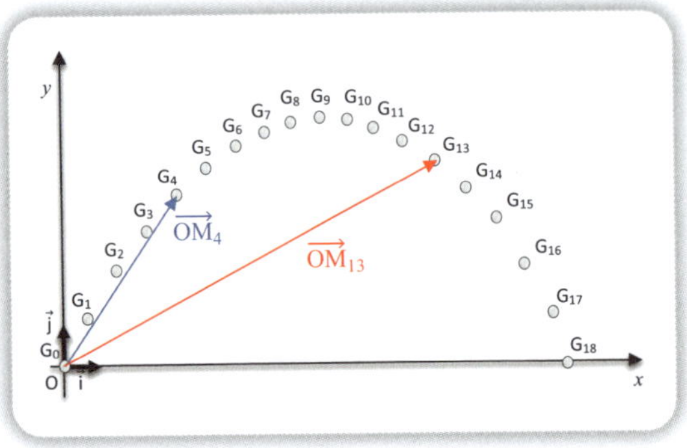

Le vecteur vitesse instantanée

Dans un référentiel donné, le **vecteur vitesse instantanée** $\vec{v}$ d'un point M est égale à la dérivée par rapport au temps du vecteur position $\overrightarrow{OM}$:

$$\vec{v} = \frac{d\overrightarrow{OM}}{dt}$$

Le vecteur vitesse en un point est tangent et est dirigé dans le sens du mouvement.

- Le vecteur peut également s'exprimer dans la base $(O, \vec{i}, \vec{j})$: $\vec{v} = v_x\vec{i} + v_y\vec{j}$ où $v_x = \frac{dx}{dt}$ et $v_y = \frac{dy}{dt}$
- D'après le théorème de Pythagore, la valeur de la vitesse est telle que :

$v^2 = v_x{}^2 + v_y{}^2$ donc $\sqrt{v_x^2 + v_y^2}$

Le vecteur accélération instantanée

Dans un référentiel donné, le **vecteur vitesse instantanée** $\vec{a}$ d'un point M est égal à la dérivée par rapport au temps du vecteur position $\vec{v}$. Il est donc égale à la dérivée seconde du vecteur position :

$$\vec{a} = \frac{d\vec{v}}{dt} = \frac{d^2\overrightarrow{OM}}{dt^2}$$

Le vecteur accélération caractérise la variation du vecteur vitesse en fonction du temps.

- Le vecteur peut également s'exprimer dans la base : $(O, \vec{i}, \vec{j})$: $\vec{a} = a_x\vec{i} + a_y\vec{j}$ où $a_x = \frac{dv_x}{dt}$ et $a_y = \frac{dv_y}{dt}$
- D'après le théorème de Pythagore, la valeur de l'accélération est telle que :

$a^2 = a_x{}^2 + a_y{}^2$ donc $\sqrt{a_x^2 + a_y^2}$

Description d'un mouvement circulaire

Le repère de Frenet

Quand la trajectoire d'un point que l'on étudie est circulaire, ou plus généralement curviligne, le repère cartésien avec une origine fixe O et deux vecteurs unitaires fixes $(\vec{i}, \vec{j})$ n'est pas le plus adapté. Il est préférable d'avoir un repère mobile : c'est le **repère de Frenet** qui a pour origine le point S occupé par le système à l'instant *t* et deux vecteur mobiles :

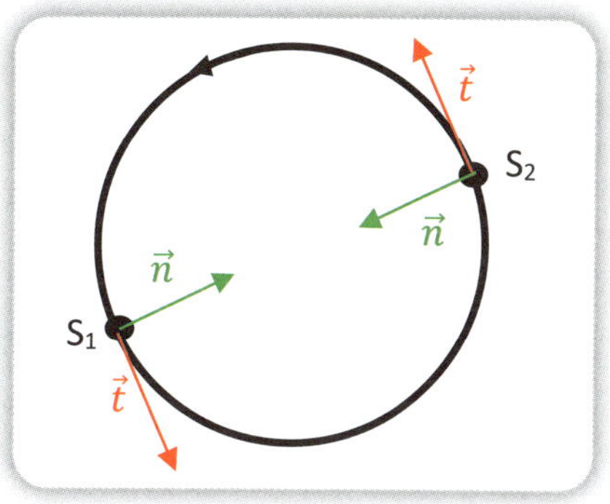

- le vecteur $\vec{t}$ qui est tangent à la trajectoire et orienté dans le sens du mouvement,
- le vecteur $\vec{n}$ qui est normal, c'est-à-dire perpendiculaire, à chaque instant à la trajectoire et orienté vers le sens de la courbure.

La vitesse et l'accélération dans le repère de Frenet

Étudions le mouvement d'un point qui parcourt un cercle de rayon r. Par définition, le vecteur vitesse $\vec{v}$ d'un point M et le vecteur $\vec{t}$ sont tous les deux tangents à la trajectoire. Donc les deux vecteurs sont colinéaires et $\vec{v} = v\,\vec{t}$.

C'est un peu plus délicat pour l'accélération $\vec{a}$ qui se décompose sur la base de Frenet $(\vec{t}, \vec{n})$.

$\vec{a} = \vec{a}_t + \vec{a}_n$ avec $\vec{a}_t = \frac{dv}{dt}\vec{t}$ et $\vec{a}_n = \frac{v^2}{r}\vec{n}$

L'accélération tangentielle est égale à la dérivée de la norme de la vitesse par rapport au temps suivant le vecteur $\vec{t}$.

Cette dérivée $\frac{dv}{dt}$ peut être **positive ou négative**.

L'accélération normale $\vec{a}_n$ est égale au quotient du carré de la vitesse et du rayon r suivant le vecteur $\vec{n}$.

Ce quotient $\frac{v^2}{r}$ est **toujours positif**.

Les différents mouvements

Le mouvement rectiligne uniforme

Le mouvement d'un point matériel est **rectiligne** si son vecteur vitesse a toujours la même direction.
Son mouvement est **rectiligne uniforme** si son vecteur vitesse est constant, c'est-à-dire si son vecteur vitesse a toujours la même direction, le même sens et la même norme.
Si le vecteur vitesse est constant, le vecteur accélération, qui est égal à la dérivée du vecteur vitesse, est nul.

$$\text{Vecteur vitesse } \vec{v} \text{ constant } \leftrightarrow \vec{a} = \frac{d\vec{v}}{dt} = \vec{0}$$

On considère que le mouvement rectiligne uniforme s'effectue sur l'axe (Ox) des abscisses.
Trois représentations correspondent à ce mouvement rectiligne uniforme : $x(t)$, $v_x(t)$ et $a_x(t)$.

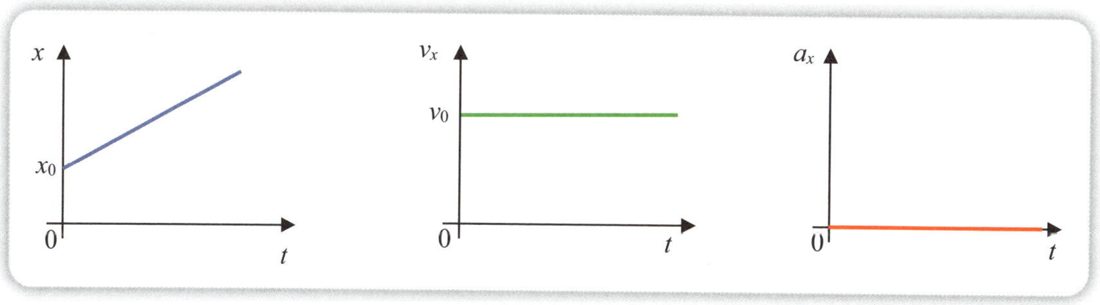

Le mouvement rectiligne uniformément accéléré

Le mouvement d'un point matériel est **rectiligne uniformément accéléré** si son vecteur accélération est constant, c'est-à-dire s'il a toujours la même direction, le même sens et la même norme.
On considère que le mouvement rectiligne uniforme s'effectue sur l'axe (Ox) des abscisses.
Trois représentations correspondent à ce mouvement rectiligne uniformément accéléré : $x(t)$, $v_x(t)$ et $a_x(t)$.

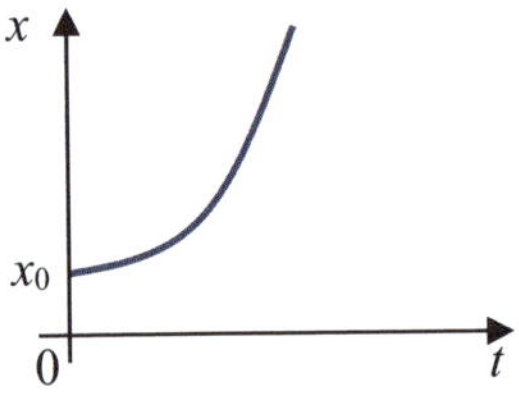

La courbe est une parabole d'équation :
$x(t) = \frac{1}{2} \cdot a_0 \cdot t^2 + v_0 \cdot t + x_0$

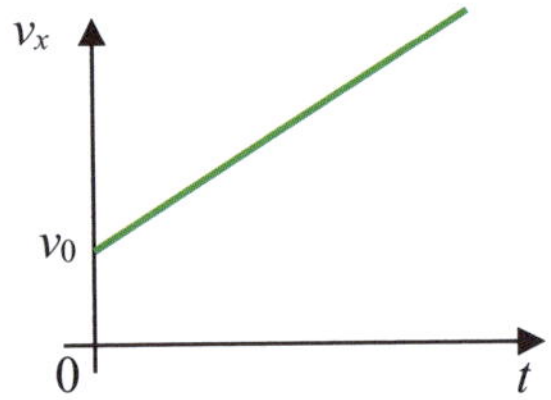

Droite d'équation :
$v(t) = a_0 \cdot t + v_0$

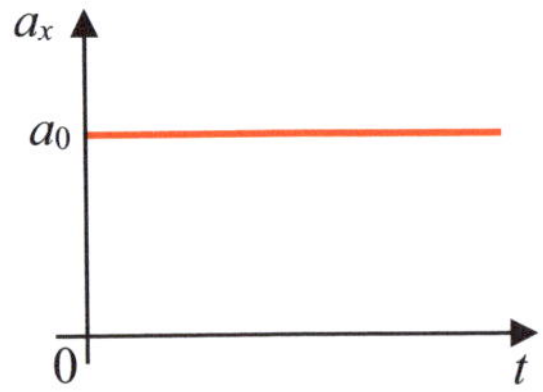

Accélération constante :
$a(t) = a_0$

Le mouvement circulaire uniforme

Le mouvement d'un point matériel est **circulaire** si sa trajectoire est une portion de cercle, de rayon r.

Le mouvement d'un point matériel est **circulaire uniforme** si sa trajectoire, est une portion de cercle de rayon r, et si la norme v de son vecteur vitesse $\vec{v}$ est constante. Ainsi, $\frac{\mathrm{d}v}{\mathrm{d}t} = 0$.

Le vecteur accélération n'a qu'une seule composante, sur $\vec{n}$: $\vec{a} = \vec{a}_\mathrm{n} = \frac{v^2}{r}\,\vec{n}$.

Le vecteur accélération est alors qualifié de **centripète** et $a = \frac{v^2}{r}$.

Des vecteurs et Python

Voici un programme possible pour tracer des vecteurs vitesse et un vecteur variation de vitesse avec le langage Python :

```
import matplotlib.pyplot as mpl
import numpy as np

deltaT = 0.1
# intervalle de temps entre deux positions en s - 100 ms
t = np.arange(0, 10, deltaT)
g = 9.81
L1 = 10.0     # longueur du plan horizontal en m
V0 = 1.5      # vitesse initiale en m.s-1

X = V0*t
Y = -(g/2)*t**2          } Trajectoire parabolique d'un
ax = mpl.axes()            objet en chute libre

t1 = 0
X1 = V0*t1
Y1 = -(g/2)*t1**2        } Position et vecteur
Vx1 = V0 / 10              vitesse à la date t = 0
Vy1 = -g*t1 / 10
```

```
mpl.quiver(X1, Y1, Vx1, Vy1, units='dots', angles='xy', scale_units='xy', scale=1,
width=1.5, linestyle=':')

X2 = V0*t2                 } Position et vecteur vitesse à
Y2 = -(g/2)*t2**2          } la date t = 0,1 s
Vx2 = V0 / 10              }
Vy2 = -g*t2 / 10           }
mpl.quiver(X2, Y2, Vx2, Vy2, units='dots', angles='xy', scale_units='xy', scale=1,
width=1.5)

t3 = 0.2                   }
X3 = V0*t3                 } Position et vecteur vitesse
Y3 = -(g/2)*t3**2          } à la date t = 0,2 s
Vx3 = V0 / 10              }
Vy3 = -g*t3 / 10           }
mpl.quiver(X3, Y3, Vx3, Vy3, units='dots', angles='xy', scale_units='xy', scale=1,
width=1.5)

t2 = 0.1                   } Vecteur variation de
Ax2 = Vx3 - Vx1            } vitesse à la date t = 0,1 s
Ay2 = Vy3 - Vy1            }

mpl.quiver(X2, Y2, Vx1, Vy1, units='dots', angles='xy',              }
scale_units='xy', scale=1, width=1.5, color='silver')               }
mpl.quiver(X2, Y2, Vx3, Vy3, units='dots', angles='xy',              }
scale_units='xy', scale=1, width=1.5, color='silver')               } Tracés de
mpl.quiver(X2+Vx1, Y2, Ax2, Ay2, units='dots', angles='xy',          } vecteurs
scale_units='xy', scale=1, width=1.5, color='silver')               }
mpl.quiver(X2, Y2, Ax2, Ay2,linestyle='--', units='dots',            }
angles='xy', scale_units='xy', scale=1, width=1.5, color='red')      }

mpl.xlim(-1,1)
mpl.ylim(-2, 0.1)
mpl.plot(X, Y, «o», label=»position du point au cours du temps»)
mpl.title("Trajectoire")
mpl.legend()
#mpl.grid()
mpl.show()
```

Vocabulaire Python

Quiver(X, Y, U, V, units, angles, scale_units, scale, width) : fonction qui permet de tracer des vecteurs.

X, Y : abscisse et ordonnée d'un point.

U, V : abscisse et ordonnée du vecteur.

Pour tracer des vecteurs qui pointent de (X, Y) vers (X + U, Y + V) dans le plan xy, avec u et v ayant les mêmes unités que x et y, on écrit : angles='xy', scale_units='xy', scale=1

Exercices

01 QCM

Trouvez la ou les bonnes réponses.

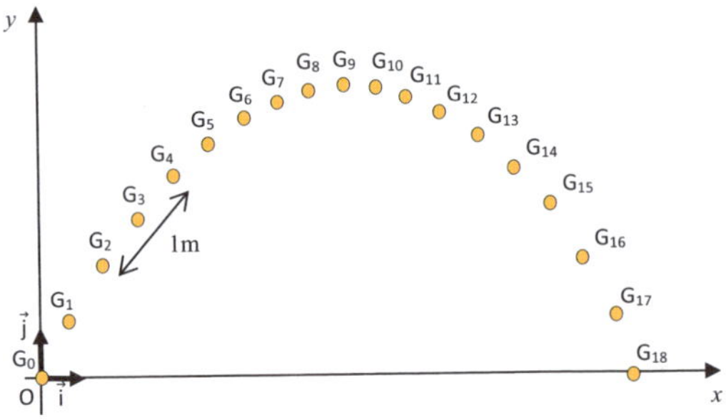

1) **La chronophotographie ci-contre représente la trajectoire d'une balle toutes les 0,25 s.**

◯ **a)** Le mouvement de la balle est rectiligne.
◯ **b)** Le mouvement de la balle est parabolique.
◯ **c)** La vitesse de la balle augmente puis diminue.
◯ **d)** La vitesse instantanée au point G_3 est égale à 4 $m{\cdot}s^{-1}$.

2) **On admet que la Lune a un mouvement circulaire uniforme autour de la Terre.**

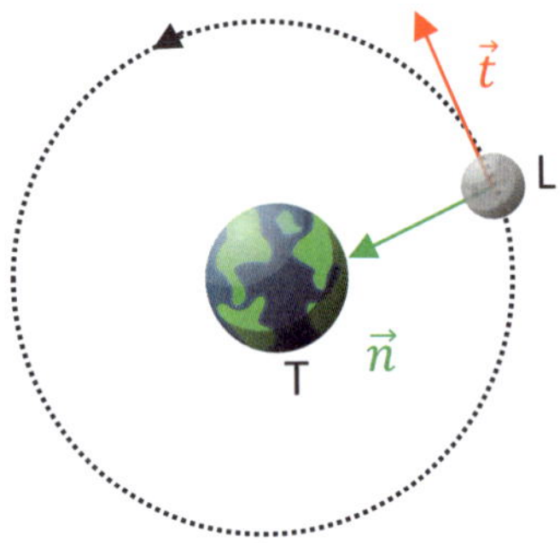

◯ **a)** Son vecteur position $\overrightarrow{TL}$ est constant.
◯ **b)** La norme du vecteur $\overrightarrow{TL}$ est constante.
◯ **c)** Le vecteur vitesse $\vec{v}$ de la Lune est constant.
◯ **d)** La norme du vecteur vitesse $\vec{v}$ de la Lune est constante.
◯ **e)** Le vecteur accélération $\vec{a}$ est constant.
◯ **f)** La norme du vecteur accélération $\vec{a}$ est constante.
◯ **g)** La dérivée de la valeur v de la vitesse est nulle.
◯ **h)** Son vecteur accélération est centripète.
◯ **i)** Le vecteur accélération n'a qu'une seule composante, sur $\vec{t}$.

02 Tombé du ciel

Le graphique ci-contre montre l'évolution de la vitesse d'un parachutiste au cours du temps.

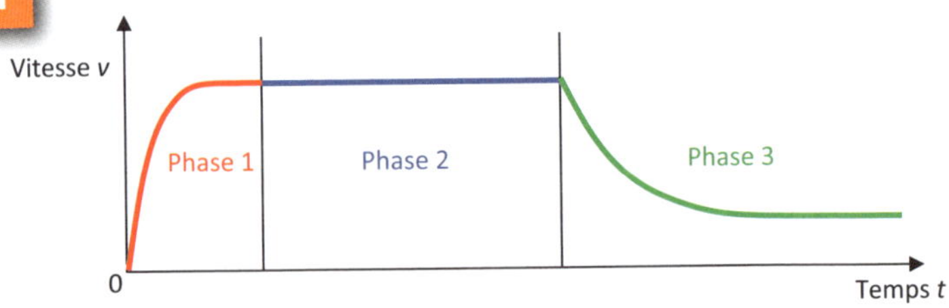

1) **Sauriez-vous expliquer l'évolution de la vitesse lors de chacune des phases ?**

Phase 1 : ....
....
....

Phase 2 : ....
....
....

Phase 3 : ....
....
....

2) **Représentez l'allure de l'évolution de l'accélération a au cours du temps.**

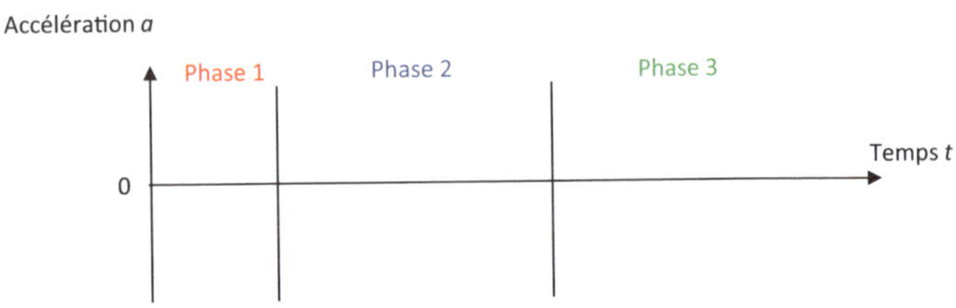

03 Si j'avais un marteau (d'après Bac TS Polynésie 2015)

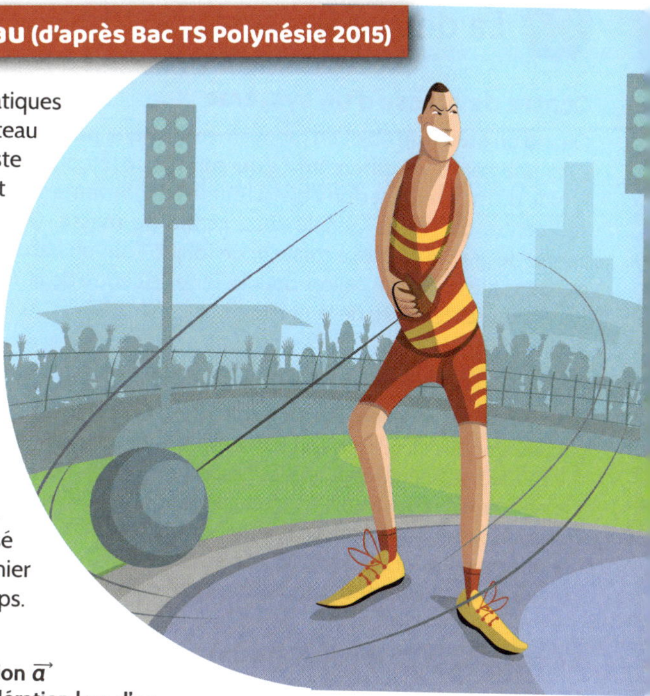

Originaire d'anciennes pratiques celtes, le lancer du marteau est une discipline de l'athlétisme qui consiste à lancer le plus loin possible un boulet auquel est fixé un câble en acier muni d'une poignée. À cette fin, l'athlète fait d'abord prendre de la vitesse à son marteau en tournant sur lui-même (voir schéma ci-contre) sans sortir d'un cercle de lancement. Le marteau est ensuite lâché avant d'atterrir sur le sol.

Pour simplifier l'étude, on suppose que l'athlète tourne sur lui-même autour d'un axe immobile vertical et que son bras est toujours tendu. Dans le référentiel terrestre, le mouvement du boulet est alors supposé plan et circulaire, accéléré dans un premier temps puis uniforme dans un deuxième temps.

1) À partir de la définition du vecteur accélération $\vec{a}$ justifiez qualitativement l'existence d'une accélération lors d'un mouvement circulaire.

2) En justifiant la réponse, choisir parmi les schémas ci-dessous, celui qui correspond à un mouvement circulaire accéléré puis celui qui correspond à un mouvement circulaire uniforme.

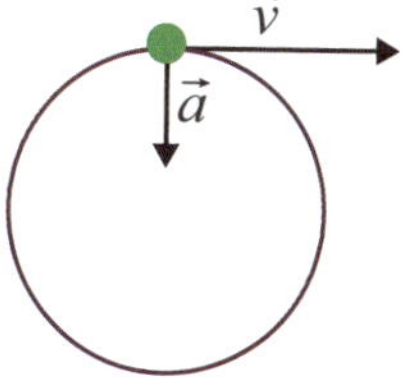

Schéma 1

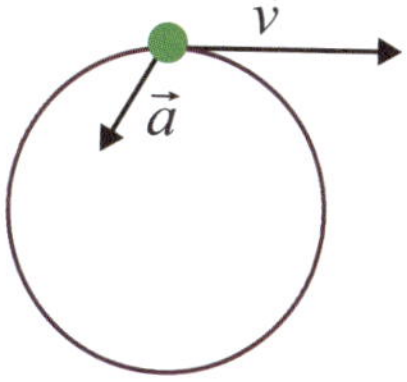

Schéma 2

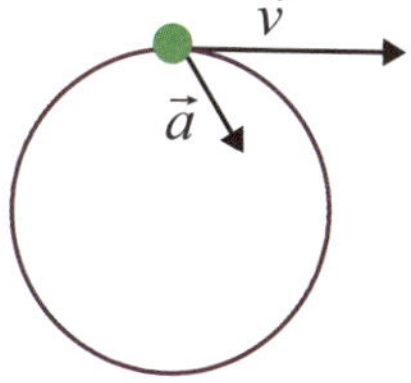

Schéma 3

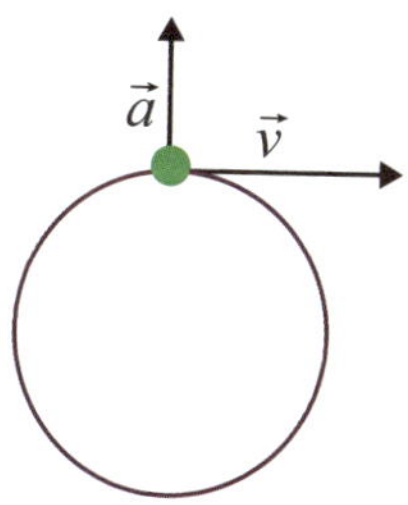

Schéma 4

Sur chaque schéma, les vecteurs vitesse $\vec{v}$ et accélération $\vec{a}$ sont représentés en un point de la trajectoire du boulet en vue de dessus.

La deuxième loi de Newton

Centre de masse d'un système

Quand on étudie un objet en mouvement, chaque point de cet objet peut avoir une trajectoire différente, ce qui complique l'étude. Aussi, on ramène l'étude du mouvement d'un objet à l'étude du mouvement d'un seul point : son centre de gravité, appelé aussi **centre de masse**. On attribue à ce centre de gravité la masse totale *m* de l'objet. Pour un ballon, le centre de masse est le centre du ballon, pour la Terre, le centre de la Terre, pour une tige de métal, le milieu de la tige…

Référentiels galiléens

Pour étudier le mouvement d'un système, il faut préciser le référentiel dans lequel on se place. Les **référentiels galiléens** sont des référentiels particuliers dans lesquels les lois de Newton sont vérifiées. En pratique, les trois référentiels galiléens les plus utilisés sont :
- le **référentiel terrestre**, lié à la surface de la Terre, utile pour les mouvements de courte durée au voisinage de la Terre : un skieur qui dévale une pente, un ballon de basket lancé vers un panier… ;
- le **référentiel géocentrique**, lié au centre de la Terre, utile pour les mouvements des satellites terrestres ;
- le **référentiel héliocentrique**, lié au centre du Soleil, utile pour les mouvements des planètes.

Énoncé de la 2e loi de Newton

Dans un référentiel galiléen, si un système assimilé à un point matériel (son centre de masse) est soumis à une ou plusieurs force(s), alors la somme vectorielle des forces, notée $\Sigma\vec{F}$, est égale au produit de la masse *m* du point matériel et de son vecteur accélération :

$$\boxed{\Sigma\vec{F} = m\cdot\vec{a}}$$

On appelle cette égalité la **relation fondamentale de la dynamique**.

Le cas très important de la chute libre

Sans frottements

Une balle de masse *m* est lâchée d'une hauteur *h* sans vitesse initiale. On néglige les forces de frottements. À quelle accélération l'objet est-il soumis ?
- Le système étudié est la balle.
- Le référentiel choisi est le référentiel terrestre, supposé galiléen.
- La seule force à considérer est le poids de la balle : $\vec{P} = m\cdot\vec{g}$.
- On applique la 2e loi de Newton : $\Sigma\vec{F} = \vec{P} = m\cdot\vec{g} = m\cdot\vec{a}$.
- On peut éliminer la masse *m* des deux côtés de l'égalité, ainsi $\vec{a} = \vec{g}$. La balle subit une accélération égale à l'intensité de la pesanteur $g = 10\ m\cdot s^{-2}$. Cette accélération signifie que la vitesse de la balle augmente de $10\ m\cdot s^{-1}$ toutes les secondes.

Avec des frottements

Si on considère qu'il y a des frottements de la forme $-\alpha$, la relation fondamentale de la dynamique devient :
$m\cdot\vec{g} - \alpha\vec{v} \;=\; m\cdot\vec{a}$.
On constate que la masse ne peut plus s'éliminer dans la relation. Nous obtenons une équation différentielle dont la résolution dépasse le cadre de cet ouvrage.

Mouvement dans un champ de pesanteur uniforme

Étudions le mouvement d'une balle qu'on lance avec une vitesse initiale $\overrightarrow{v_0}$ et qui fait un angle α avec l'horizontale. On suppose que le mouvement s'effectue dans le repère $(O, \vec{i}, \vec{j})$.

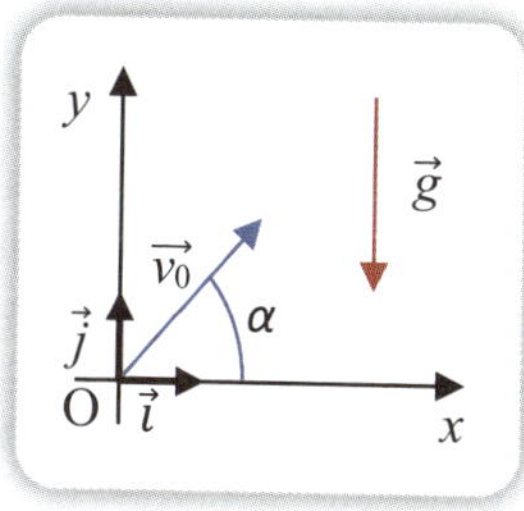

- **Système étudié :** la balle, assimilée à un point matériel : son centre de gravité
- **Référentiel choisi :** le référentiel terrestre considéré comme galiléen
- **Inventaire des forces :** - le poids de la balle $\vec{P} = m \cdot \vec{g}$.
  - les forces de frottements $\vec{F}_{air/balle}$

On néglige les forces de frottements devant le poids.

- **Application de la 2e loi de Newton :** $\Sigma\vec{F} = \vec{P} = m \cdot \vec{g} = m \cdot \vec{a}$
- **Expression dans le repère** $(O, \vec{i}, \vec{j})$:

$$\begin{cases} a_x = 0 \\ a_y = -g \end{cases}$$

Intégration

$$\begin{cases} v_x = C_x \\ v_y = -gt + C_y \end{cases}$$

Condition initiale sur la vitesse : à l'instant initial, $v_x = v_0 \cdot cos\ \alpha$ et $v_y = v_0 \cdot sin\ \alpha$

$$\begin{cases} v_x = v_0 \cdot \cos\alpha \\ v_y = -gt + v_0 \cdot \sin\alpha \end{cases}$$

Intégration

$$\begin{cases} x = v_0 \cdot \cos\alpha \cdot t + D_x \\ y = -gt^2 + v_0 \cdot \sin\alpha \cdot t + D_y \end{cases}$$

Condition initiale sur la position : la balle est en O à l'origine donc $D_x = D_y = 0$

On obtient les équations paramétriques : x et y dépendant du temps

$$x = v_0 \cdot \cos\alpha \cdot t$$
$$y = -gt^2 + v_0 \cdot \sin\alpha \cdot t$$

- **Équation de la trajectoire**

On élimine le temps des équations paramétriques :

$$t = \frac{x}{v_0 \cdot \cos\alpha}$$

injecté dans y :

$$y = -\frac{1}{2} g \left(\frac{x}{v_0 \cdot \cos\alpha}\right)^2 + v_0 \cdot \sin\alpha \cdot \left(\frac{x}{v_0 \cdot \cos\alpha}\right)$$

$$y = -\frac{1}{2} g \left(\frac{x}{v_0 \cdot \cos\alpha}\right)^2 + \tan\alpha \cdot x$$

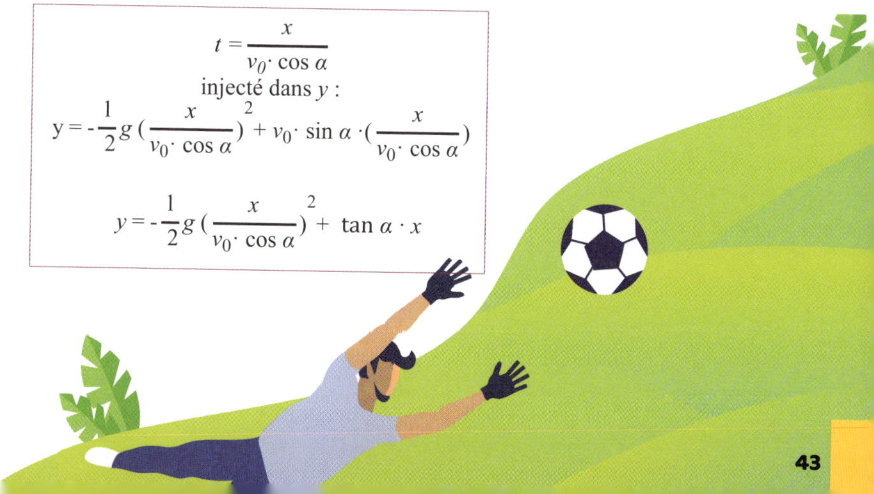

Mouvement dans un champ électrique uniforme

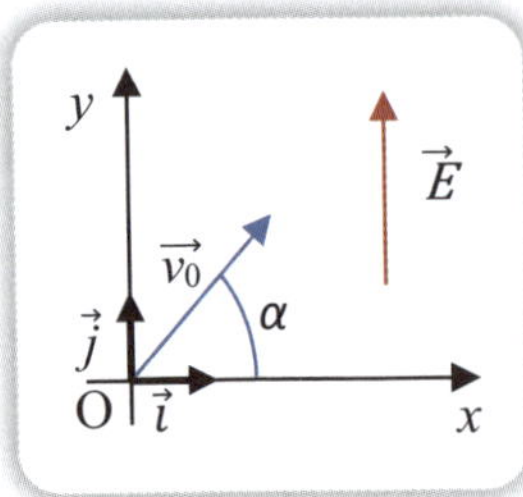

Les équations sont analogues à l'étude précédente.
Étudions le mouvement d'une particule de charge $q = -e$ dans un champ électrique $\vec{E}$ qui arrive en O avec vitesse initiale $\vec{v_0}$ et qui fait un angle α avec l'horizontale.
On suppose que le mouvement s'effectue dans le repère $(O, \vec{i}, \vec{j})$.

- **Système étudié :** la particule de charge $q = -e$ assimilée à un point matériel
- **Référentiel choisi :** le référentiel terrestre considéré comme galiléen
- **Inventaire des forces :** - la force électrique $\vec{F} = q \cdot \vec{E} = -e \cdot \vec{E}$
  - le poids de la balle $\vec{P} = m \cdot \vec{g}$ que l'on négligera devant la force électrique

- **Application de la 2e loi de Newton :** $\vec{F} = q \cdot \vec{E} = -e \cdot \vec{E} = m \cdot \vec{a}$
- **Expression dans le repère** $(O, \vec{i}, \vec{j})$

$$\begin{cases} a_x = 0 \\ a_y = \dfrac{-eE}{m} \end{cases}$$

Intégration

$$\begin{cases} v_x = 0 + C_x \\ v_y = \dfrac{-eE}{m} + C_y \end{cases}$$

Condition initiale sur la vitesse : à l'instant initial, $v_x = v_0 \cdot \cos\alpha$ et $v_y = v_0 \cdot \sin\alpha$

$$\begin{cases} v_x = v_0 \cdot \cos\alpha \\ v_y = \dfrac{-eE}{m} t + v_0 \cdot \sin\alpha \end{cases}$$

Intégration

$$\begin{cases} x = v_0 \cdot \cos\alpha \cdot t + D_x \\ y = \dfrac{-eE}{2m} t^2 + v_0 \cdot \sin\alpha \cdot t + D_y \end{cases}$$

Condition initiale sur la position : la particule est en O à l'origine donc $D_x = D_y = 0$

On obtient les équations paramétriques : x et y dépendant du temps

$$\begin{cases} x = v_0 \cdot \cos\alpha \cdot t \\ y = \dfrac{-eE}{2m} t^2 + v_0 \cdot \sin\alpha \cdot t \end{cases}$$

- **Équation de la trajectoire**

On élimine le temps des équations paramétriques :

$$t = \frac{x}{v_0 \cdot \cos\alpha}$$

injecté dans y :

$$y = \frac{-eE}{2m} \left(\frac{x}{v_0 \cdot \cos\alpha}\right)^2 + v_0 \cdot \sin\alpha \cdot \left(\frac{x}{v_0 \cdot \cos\alpha}\right)$$

$$y = \frac{-eE}{2m} \left(\frac{x}{v_0 \cdot \cos\alpha}\right)^2 + \tan\alpha \cdot x$$

Mouvement dans un champ de gravitation

Un satellite autour de la Terre

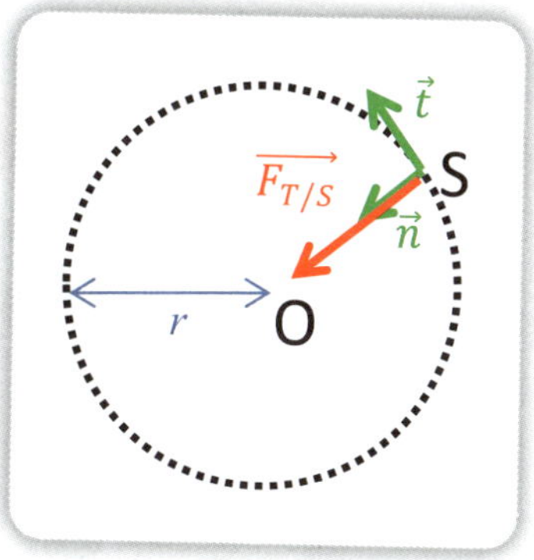

Étudions le mouvement d'un satellite de masse *m* tournant autour de la Terre de masse M_T.

- **Système étudié :** le satellite assimilé à un point matériel
- **Référentiel :** géocentrique considéré comme galiléen
- **Inventaire des forces :** on ne tient compte que de la force qu'exerce la Terre sur le satellite
- **Application de la 2e loi de Newton :**

$$\Sigma \vec{F} = \frac{G \cdot M_T \cdot m}{r^2} \vec{n} = m \cdot \vec{a}$$

$$\vec{a} = \frac{G \cdot M_T}{r^2} \vec{n}$$

Le vecteur accélération est **centripète**.

Or $\vec{a} = \vec{a}_t + \vec{a}_n$ avec $\vec{a}_t = \frac{dv}{dt} \vec{t}$ et $\vec{a}_n = \frac{v^2}{r} \vec{n}$

Par identification, $\frac{dv}{dt} = 0$ et $\frac{v^2}{r} = \frac{G \cdot M_T}{r^2}$

Donc $V = \sqrt{\frac{G \cdot M_T}{r}}$

- **Période de révolution :** Le satellite effectue un tour autour de la Terre pendant une durée $T = \frac{2\pi r}{v}$.

Ainsi $T = \frac{2\pi r}{\sqrt{\frac{G \cdot M_T}{r}}} = 2\pi \sqrt{\frac{r^3}{G \cdot M_t}}$

Les trois lois de Kepler

Les lois de Kepler s'appliquent à tous les objets (planètes, astéroïdes) tournant autour d'un même astre.

Énonçons-les dans le cas particulier très important des planètes autour du Soleil.

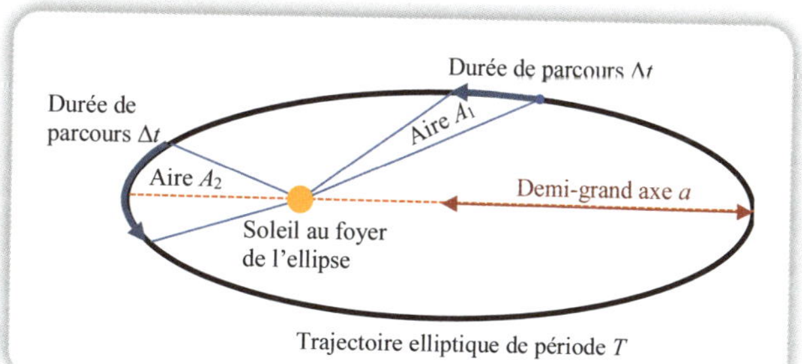

Trajectoire elliptique de période *T*

- **1re loi :** dans le référentiel héliocentrique, la trajectoire d'une planète, assimilée à un point matériel, est une ellipse dont le Soleil est l'un des foyers.
- **2e loi :** Loi des aires

Le segment de droite reliant le Soleil et la planète balaie des aires égales pendant des durées égales.

- **3e loi :** Loi des périodes

Pour toutes les planètes du système solaire, le rapport entre le carré de la période *T* et le cube du demi-grand axe *a* est constant :

$$\frac{T^2}{a^3} = \frac{4\pi^2}{GM_S}$$

Exercices

01 Référentiel

Précisez le référentiel le plus adapté à l'étude de ces mouvements.

1

2

3

4

02 Kepler vs Newton

1. La Terre exerce sur le Soleil une force de même direction, de sens opposé et de même valeur que la force qu'exerce le Soleil sur la Terre. ○

2. Si la Terre ne subissait plus l'attraction du Soleil, elle se dirigerait en ligne droite à vitesse constante vers les confins du système solaire. ○

3. La distance Terre-Soleil est d'environ A = 150 millions de kilomètres et la Terre met B = 365,25 jours pour tourner autour du Soleil. La distance Vénus-Soleil est d'environ C = 108 millions de kilomètres et Vénus met D = 225 jours pour tourner autour du Soleil. On remarque que $\frac{B^2}{A^3} = \frac{D^2}{C^3}$. ○

4. La Terre subit une force d'attraction gravitationnelle de la part du Soleil qui dépend de sa propre masse, de la masse du Soleil, de la constante de gravitation *G* et du carré de l'inverse de la distance entre la Terre et le Soleil. En revanche, l'accélération de la Terre ne dépend pas de sa propre masse. ○

5. Le Soleil ne se trouve pas au centre de la trajectoire des planètes mais légèrement à côté. Ceci est dû au fait que la trajectoire des planètes n'est pas circulaire mais elliptique. Dans une ellipse, se trouvent deux foyers de part et d'autre du centre. Le Soleil est l'un des foyers. ○

6. Quand la Terre évolue autour du Soleil, le segment ST reliant la Terre et le Soleil balaie une surface qui est proportionnelle à la durée du parcours de la Terre. ○

- a. ○ 1re loi de Newton
- b. ○ 2e loi de Newton
- c. ○ 3e loi de Newton
- d. ○ 1re loi de Kepler
- e. ○ 2e loi de Kepler
- f. ○ 3e loi de Kepler

03 Droit au but (d'après Bac TS – Antilles 2015)

Antonin Panenka, footballeur international tchécoslovaque, est connu pour avoir laissé son nom à une technique particulière pour tirer les penaltys ou « tirs au but ». Au lieu de frapper en force, il frappe doucement le ballon qui prend alors une trajectoire en « cloche ». Son geste est devenu célèbre au soir de la finale de la Coupe d'Europe des Nations de 1976, où la Tchécoslovaquie battait la République Fédérale d'Allemagne tenante du titre. Antonin Panenka, marquant le dernier pénalty par cette technique de balle « en cloche », venait d'inventer la « *Panenka* ».

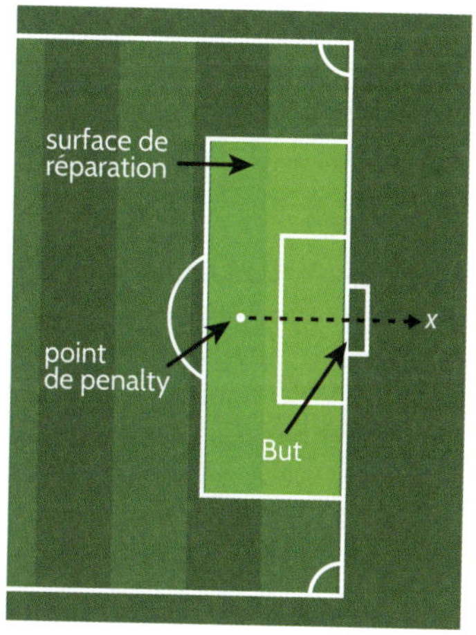

Lors d'un match de football, un joueur doit tirer un penalty et décide de tenter une « *Panenka* ». Le joueur dépose le ballon au point de penalty O, pris comme origine du repère. Le joueur tape le ballon en direction du centre du but et lui communique une vitesse initiale $\overrightarrow{v_0}$ de valeur 11,5 m·s^{-1} et dont la direction fait un angle α = 55° avec l'horizontale.

Données
- intensité de la pesanteur : g = 9,81 N·kg^{-1}
- masse du ballon : m = 620 g.

1) Dans le repère orthonormé (Ox, Oz) ci-contre, représentez la situation du penalty, sans souci d'échelle en faisant apparaître le vecteur initial $\overrightarrow{v_0}$, l'angle α ; la hauteur h = 2,44 m des buts et la distance d = 11,0 m du point de penalty à la ligne de but.

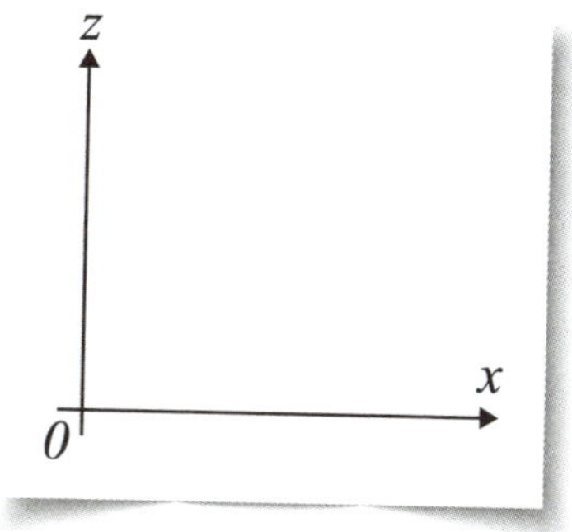

2) On note A le point où se situe le ballon lorsqu'il franchit la ligne de but. Quelles conditions doivent vérifier les coordonnées $(x_A ; z_A)$ de ce point pour que le penalty soit réussi ?

3) Établir l'expression du vecteur accélération $\vec{a}$ du centre d'inertie du ballon.

4) Établir les équations horaires $x(t)$ et $z(t)$ du mouvement du centre d'inertie G et montrer que l'équation de la trajectoire du ballon, dans le plan (xOz), peut s'écrire : $z(x) = \dfrac{-g \cdot x^2}{2 \cdot v_0^2 \cdot (\cos \alpha)^2} + \tan \alpha \cdot x$

5) En exploitant les données et les documents, déterminez si le penalty décrit en début d'exercice est réussi. Explicitez votre raisonnement.

Modéliser l'écoulement d'un fluide

La poussée d'Archimède

Eurêka !

On raconte que le grand scientifique du IIIe siècle avant J-C, Archimède, aurait couru nu à travers les rues de Syracuse après avoir découvert la solution d'un problème posé par Hiéron II. Ce dernier s'était fait faire une couronne en confiant un lingot d'or à un orfèvre. La masse de la couronne obtenue était la même que la masse du lingot d'or. Tout allait bien jusqu'à ce que Hiéron eût un doute, la couronne était-elle en or pur ? L'orfèvre n'en avait-il pas détourné ? Il demanda donc à Archimède de vérifier à une condition… sans détruire l'illustre attribut royal. C'est dans sa baignoire qu'Archimède aurait compris qu'il fallait immerger la couronne dans un récipient d'eau rempli à ras bord. Il suffisait alors de mesurer le volume de l'eau qui a débordé. En faisant la même expérience avec un lingot d'or de même masse, le volume de l'eau recueillie était inférieur ! La couronne était faite d'un autre métal plus léger que l'or… Hiéron s'était fait escroquer.

Tout corps plongé etc…

Tout corps plongé dans un fluide au repos, entièrement entouré par celui-ci ou traversant sa surface libre, subit une force verticale, dirigée de bas en haut et opposée au poids du volume de fluide déplacé. Cette force est appelée poussée d'Archimède. Elle s'applique au centre de masse du fluide déplacé, appelé centre de poussée. La poussée d'Archimède est la force qui fait flotter les glaçons, les icebergs, les sous-marins dans l'eau mais aussi les montgolfières, les ballons-sondes dans l'air. C'est également la force qui fait remonter les bulles dans les boissons gazeuses. Pour flotter dans un fluide (eau ou air), il faut que l'objet ait une masse volumique plus faible que celle du fluide.

Expression de la poussée d'Archimède

On se place dans un champ de pesanteur uniforme $\vec{g}$. Imaginons un iceberg de masse volumique ρ_{glace} dans de l'eau de mer de masse volumique ρ_{mer}. Le glaçon de volume V s'enfonce dans l'eau. Le volume immergé est V_1.
Le glaçon subit deux forces :
Son poids : $\vec{P} = \rho_{glace} \cdot V \cdot \vec{g}$.
La poussée d'Archimède égale au poids du volume d'eau déplacée : $\vec{P_A} = -\rho_{mer} \cdot V_1 \cdot \vec{g}$.

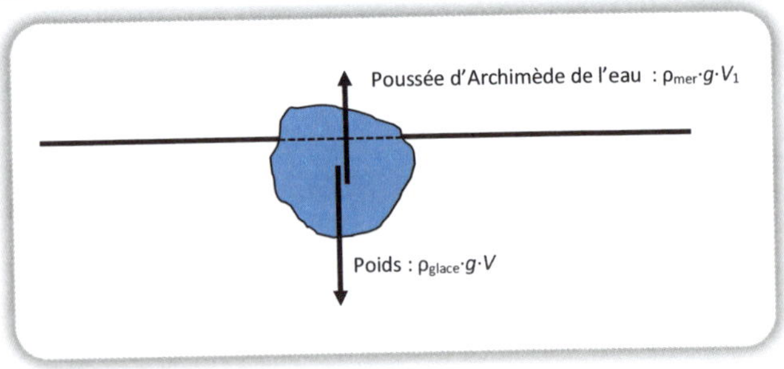

À l'équilibre, en vertu de la 1re loi de Newton, les 2 forces s'équilibrent, leur somme vectorielle est nulle :

$$\vec{P} + \vec{P_A} = \vec{0}$$

$$\rho_{glace} \cdot V \cdot \vec{g} - \rho_{mer} \cdot V_1 \cdot \vec{g} = \vec{0}$$

On en déduit le volume immergé : $V_1 = \dfrac{\rho_{glace}}{\rho_{mer}} \cdot V$

Puisque $\rho_{glace} = 910\ kg \cdot m^{-3}$ et $\rho_{mer} = 1020\ kg \cdot m^{-3}$, le rapport $\dfrac{910}{1020} = 0{,}90$ nous montre que 90 % d'un iceberg est immergé.

Écoulement d'un fluide en régime permanent

Qu'est-ce qu'un fluide ?

Rappelons qu'un fluide est un milieu matériel qui n'a pas de forme propre. Il prend la forme du récipient dans lequel il se trouve et a la possibilité de s'écouler. Un fluide peut être un liquide ou un gaz.
Les liquides et les gaz se différencient par :

- leur masse volumique ; dans les conditions ambiantes, l'eau liquide a une masse volumique $\rho_{eau} = 1{,}0 \times 10^3\ kg{\cdot}m^{-3}$ près de 800 fois plus grande que l'air, ρ_{eau} 1,3 $kg{\cdot}m^{-3}$;
- leur compressibilité ; on peut comprimer un gaz en revanche un liquide est incompressible.

Quelques définitions

Le débit est le quotient de la quantité de fluide qui traverse une section de la conduite par la durée de cet écoulement. On distingue :

- le **débit massique** : si Δm est la masse de fluide et Δt le temps d'écoulement : $\boldsymbol{Q_m} = \frac{\boldsymbol{\Delta m}}{\boldsymbol{\Delta t}}$. Il s'exprime en $kg{\cdot}s^{-1}$.
- le **débit volumique** : si ΔV est le volume de fluide et Δt le temps d'écoulement : $\boldsymbol{Q_V} = \frac{\boldsymbol{\Delta V}}{\boldsymbol{\Delta t}}$. Il s'exprime en $m^3{\cdot}s^{-1}$.

Le débit volumique et le débit massique sont liés par la masse volumique du fluide ρ :

$$Q_m = \rho \cdot Q_V$$

L'écoulement d'un fluide incompressible dans un tuyau est **permanent** ou **stationnaire** quand les paramètres qui le caractérisent (température, vitesse, masse volumique) ont des valeurs constantes au cours du temps.

Une **ligne de courant** est une courbe suivant laquelle se déplace un élément de fluide. Une ligne de courant est tangente en chacun de ses points au vecteur vitesse $\vec{v}$ du fluide en ce point.
On appelle **tube de courant** l'ensemble des lignes de courant s'appuyant sur un contour fermé, c'est-à-dire les bords de la canalisation.

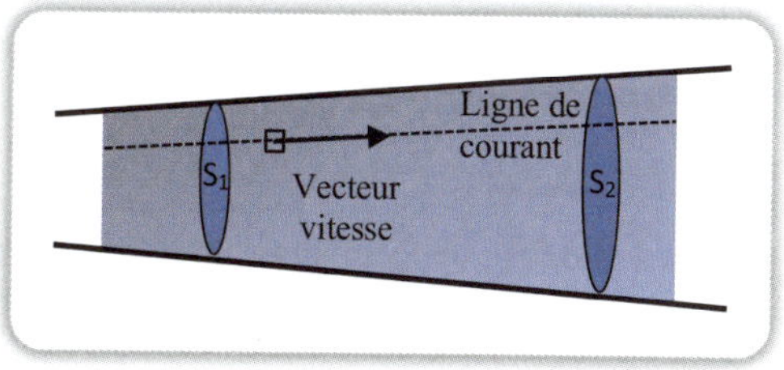

Conservation du débit

En régime stationnaire, le débit massique est le même à travers toutes les sections droites d'un même tube de courant. Pour deux surfaces S_1 et S_2 :

$$Q_{m1} = Q_{m2}$$

Pour un **fluide incompressible**, en régime stationnaire, le débit volumique est le même à travers toutes les sections droites d'un même tube de courant. Pour deux surfaces S_1 et S_2 :

$$Q_{V1} = Q_{V2}$$

Équation de continuité

En générale, la vitesse v n'est pas constante sur la section. À cause des frottements, la vitesse peut être plus faible le long des parois qu'au centre de la canalisation. On définit ainsi une vitesse moyenne :

$$v_{moy} = \frac{Q_V}{S} \quad \begin{cases} Q_V : & \text{débit volumique en } m^3{\cdot}s^{-1}, \\ S : & \text{surface en } m^2, \\ v_{moy} : & \text{vitesse moyenne en } m{\cdot}s^{-1}. \end{cases}$$

Si le fluide est incompressible, Q_V constante donne **l'équation de continuité : $V_{moy} \cdot S$ = constante**. Pour deux surfaces S_1 et S_2, $\frac{v_{moy\,1}}{v_{moy\,2}} = \frac{S_2}{S_1}$. La vitesse est d'autant plus grande que la section est petite.

La relation de Bernoulli

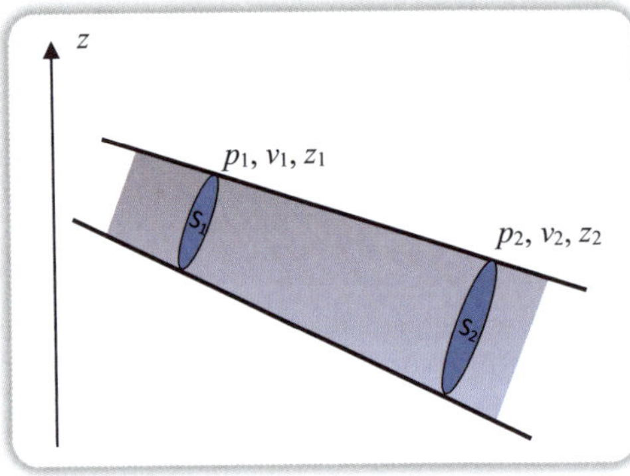

Énoncé du théorème

Un **fluide parfait** est un fluide dont l'écoulement se fait sans frottement.

On considère l'écoulement permanent d'un fluide parfait et incompressible (de masse volumique ρ) entre les sections S_1 et S_2 d'un tuyau. Au niveau de la section S_1, à une altitude z_1, le fluide, de pression p_1, est animé d'une vitesse v_1. De même, au niveau de la section S_2, à une altitude z_2, le fluide, de pression p_2, est animé d'une vitesse v_2.

Alors, $\frac{v_1^2}{2} + g \cdot z_1 + \frac{p_1}{\rho} = \frac{v_2^2}{2} + g \cdot z_2 + \frac{p_2}{\rho}$.

Plus généralement, sur une même ligne de courant,

$$\frac{v^2}{2} + g \cdot z + \frac{p}{\rho} = \text{constante}$$

- p en pascal (Pa)
- z en mètre (m)
- v en mètre par seconde ($m \cdot s^{-1}$)
- ρ en kilogramme par mètre cube ($kg \cdot m^{-3}$)
- $g = 9{,}81\ N \cdot kg^{-1}$ ou $m \cdot s^{-2}$, intensité de la pesanteur

Interprétations

Si on multiplie l'équation par la masse volumique, on obtient $\rho \cdot \frac{v^2}{2} + \rho \cdot g \cdot z + p = \text{constante}$.

$\rho \cdot \frac{v^2}{2}$ est une densité volumique d'énergie cinétique.

$\rho \cdot g \cdot z$ est une densité volumique d'énergie potentielle de pesanteur.

p, qui est une pression, est une densité volumique d'énergie due au travail des forces de pression.

L'équation sous la forme, $\rho \cdot \frac{v^2}{2} + \rho \cdot g \cdot z + p = \text{constante}$ traduit donc une conservation de l'énergie le long d'une ligne de courant.

Application de la relation de Bernoulli

L'effet Venturi

Une canalisation de section principale S_A subit un étranglement en B où la section devient S_B. On appelle **effet Venturi** la diminution de la pression observée au niveau de l'étranglement. $v_B > v_A \rightarrow p_B < p_A$.

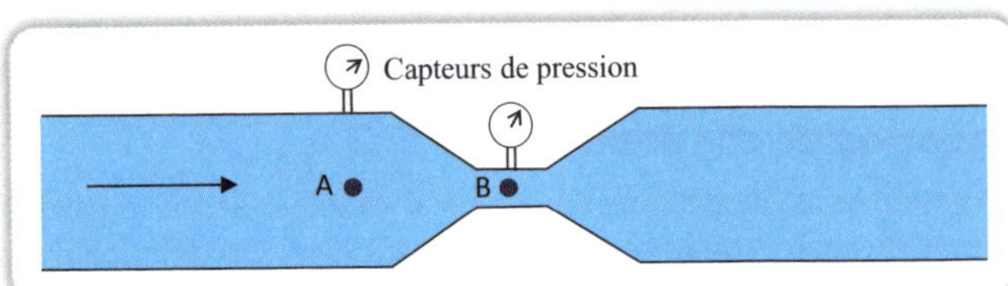

La relation de Bernoulli s'écrit pour les points A et B : $\rho \cdot \frac{v_A^2}{2} + \rho \cdot g \cdot z_A + p_A = \rho \cdot \frac{v_B^2}{2} + \rho \cdot g \cdot z_B + p_B$.

L'équation de continuité s'écrit : $v_A \cdot S_A = v_B \cdot S_B$.
On considère que $z_A = z_B$. On en déduit que $p_A - p_B = \rho \cdot \frac{v_A^2}{2} \left(\frac{S_A^2}{S_B^2} - 1\right)$.

La différence de pression est proportionnelle au carré du débit massique.

Le théorème de Torricelli

Ce théorème, établi en 1664 par Torricelli, donne la vitesse d'un écoulement d'un liquide par un orifice, sous l'action de la pesanteur.

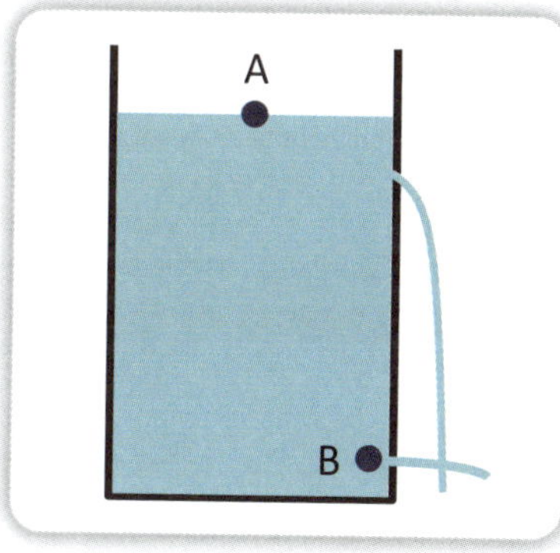

La relation de Bernoulli pour les points A et B s'écrit :

$$\rho \cdot \frac{v_A^2}{2} + \rho \cdot g \cdot z_A + p_A = \rho \cdot \frac{v_B^2}{2} + \rho \cdot g \cdot z_B + p_B$$

p_A et p_B sont égales à la pression atmosphérique. On néglige la vitesse du fluide au point A devant celle au point B. Si on pose $h = z_A - z_B$, alors

On en déduit $v_B = \sqrt{2 \cdot g \cdot h}$. Cette formule rappelle la vitesse acquise par un objet en chute libre sans frottements d'une hauteur h.

Exercices

01 À la croisée des chemins

Trouvez les mots qui correspondent aux définitions suivantes.

1) Physicien suisse du XVIIIe siècle qui a laissé son nom à une relation très célèbre liée à l'écoulement des fluides.

2) Il peut être massique ou volumique.

3) Physicien italien du XIXe siècle qui a laissé son nom à l'effet physique où il y a formation d'une dépression dans une zone où les particules de fluides sont accélérées.

4) Il s'est écrié Eurêka.

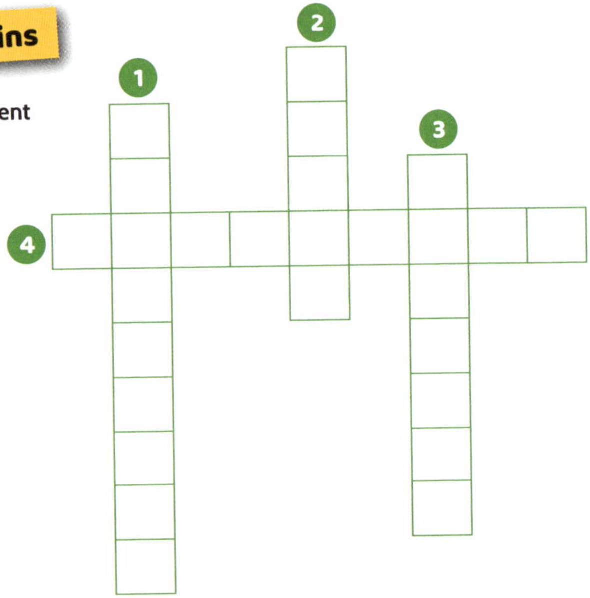

02 Prompt rétablissement (d'après Bac ST2S - Antilles – 2013)

Une poche de perfusion contient une solution de glucose de masse volumique ρ = 1060 SI. La poche est accrochée de telle manière que la surface A de la solution aqueuse de glucose se trouve à une hauteur h du point d'injection B sur le bras du patient.

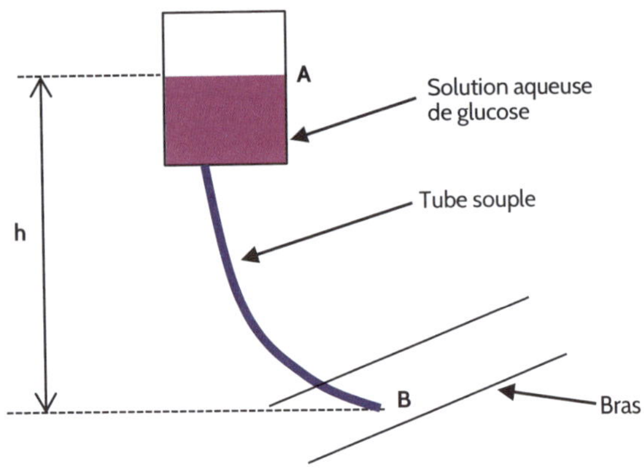

1) Rappelez l'expression littérale qui permet d'exprimer la masse volumique ρ d'un liquide en fonction de son volume et de sa masse. Préciser les unités dans le Système international (SI).

2) On considère que la pression p_A du liquide au point A est égale à la pression atmosphérique. La pression du liquide au point d'injection B est notée p_B et vaut $p_B = 1{,}086 \times 10^5$ Pa. Déterminez la hauteur h ; l'exprimer en cm. On donne $g = 9{,}81\ \text{N}\cdot\text{kg}^{-1}$ et $p_{atm} = 1{,}013 \times 10^5$ Pa.

3) L'infirmier règle le compte-gouttes de la perfusion à 48 gouttes par minute. Sachant que 20 gouttes ont un volume de 1 mL, calculez le débit volumique D.

4) L'infirmier estime qu'il reviendra changer la poche de perfusion de volume V = 300 mL dans environ deux heures. Vérifiez que son estimation est correcte.

03 Ça turbine

Une turbine est alimentée par une retenue d'eau selon le schéma ci-dessous. L'eau est considérée comme un fluide parfait incompressible et on supposera que le niveau de l'eau dans la retenue est constant. Les points A et D sont à la pression atmosphérique $p_A = p_D = 1{,}01$ bar. Le point C est à la pression $p_C = 1{,}1$ bar.

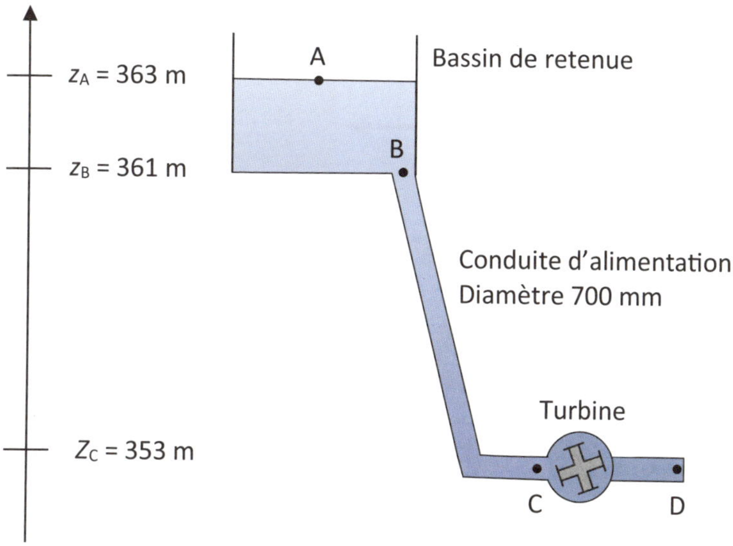

1) **Calculez la vitesse d'écoulement v_C du fluide au point C.**

2) **Calculez le débit-volume q_v de l'eau dans la conduite.**

3) **Comment justifier que les vitesses aux points B et C sont égales ?**

4) **Quelle est la pression au point B ?**

Bilan

Décrire un mouvement

Le vecteur position →	$\overrightarrow{OM} = x(t)\vec{i} + y(t)\vec{j}$
Le vecteur vitesse →	$\vec{v} = \dfrac{d\overrightarrow{OM}}{dt}$
Le vecteur accélération →	$\vec{a} = \dfrac{d\vec{v}}{dt} = \dfrac{d^2\overrightarrow{OM}}{dt^2}$
Pour un mouvement circulaire →	$\vec{a} = \vec{a}_t + \vec{a}_n = \dfrac{dv}{dt}\,\vec{t} + \dfrac{v^2}{r}\,\vec{n}$

Différents types de mouvement

Rectiligne uniforme →	Vecteur vitesse $\vec{v}$ constant $\vec{a} = \dfrac{d\vec{v}}{dt} = \vec{0}$
Rectiligne uniformément accéléré →	$\vec{a}$ constant
Circulaire uniforme →	$\dfrac{dv}{dt} = 0$ et $\vec{a} = \vec{a}_n = \dfrac{v^2}{r}\,\vec{n}$

Étude de trajectoire

2e loi de Newton →	$\Sigma\vec{F} = m \cdot \vec{a}$
3e loi de Kepler →	$\dfrac{T^2}{a^3} = \dfrac{4\pi^2}{GM_S}$

L'énergie : conversions et transferts

Décrire un système thermodynamique : exemple du modèle du gaz parfait

Le modèle du gaz parfait

Un modèle en trois hypothèses

Le modèle du gaz parfait est défini à partir de trois hypothèses :
- les molécules de gaz sont assimilées à des **sphères dures** dont le diamètre est négligeable devant la distance moyenne qui les sépare ;
- les collisions entre les molécules sont **élastiques**, c'est-à-dire que la quantité de mouvement du système se conserve ;
- les composantes des vecteurs positions et des vecteurs vitesses des molécules sont distribuées au hasard : c'est le **chaos moléculaire**.

La pression

- À l'échelle macroscopique, la **pression**, notée ***P***, d'un fluide est mesurée à l'aide d'un manomètre (pour les fluides enfermés dans un récipient) ou un baromètre (pour la pression atmosphérique). L'unité officielle de la pression est le **pascal** (**Pa**).

On rencontre fréquemment l'**hectopascal** (**hPa**) sur les cartes météo ou le **bar** (de symbole **bar**) dans les stations-services pour gonfler les pneus.

$$1 \text{ bar} = 1 \times 10^5 \text{ Pa}$$

- À l'échelle microscopique, la **pression** traduit la fréquence des chocs contre une paroi. La pression augmente quand le nombre de chocs des molécules du fluide contre la paroi augmente.

L'action mécanique qu'exerce un fluide sur une paroi est une action macroscopique modélisée par une **force pressante** $\vec{F}$.

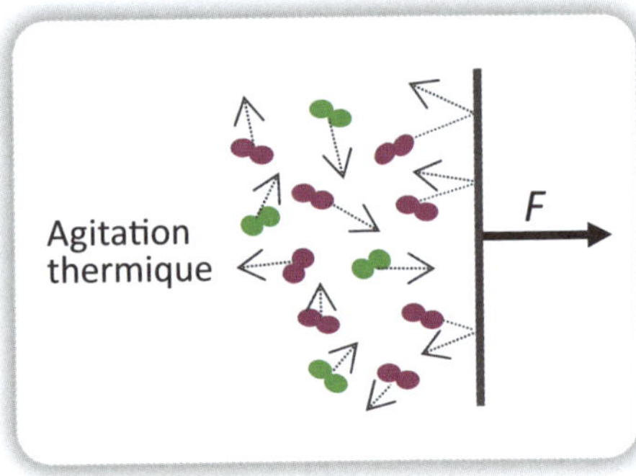

La force pressante $\vec{F}$ d'un fluide sur une surface S a pour caractéristiques :
- Direction : portée par une droite perpendiculaire à la paroi
- Sens : du fluide vers la paroi
- Norme : $F = P \times S$ $\begin{cases} S \text{ en mètre carré } (m^2) \\ P \text{ en pascal (Pa)} \\ F \text{ en newton (N)} \end{cases}$

La température

- À l'échelle macroscopique, la **température** est mesurée en degré Celsius (°C) ou degré Fahrenheit (°F) à l'aide d'un thermomètre. Mais l'unité officielle de la température dans le Système international (SI) est le **kelvin** (**K**). Le kelvin est relié au degré Celsius par la relation : $T(\text{K}) = \theta(°\text{C}) + 273{,}15$.
- On dit « kelvin » et non « degré kelvin » car il s'agit d'une échelle absolue. La notion de degré dépend de deux points fixes : la congélation de l'eau (0 °C) et l'ébullition de l'eau (100 °C). Le « zéro absolu » correspond à l'immobilité totale des molécules. Il correspond à -273,15 °C, limite inatteignable.
- À l'échelle microscopique, la **température** traduit l'agitation des molécules. La température augmente si la vitesse moyenne des molécules augmente.

Équation d'état des gaz parfaits

Trois grandeurs et trois transformations importantes

La pression p, le volume V et la température T sont les trois grandeurs macroscopiques nécessaires pour décrire le comportement d'un gaz. On envisage trois transformations importantes :
- la **transformation isotherme**, c'est-à-dire à température constante. Si on diminue le volume du gaz, on augmente sa pression. Le produit **$P \cdot V$ est constant**. C'est la **loi de Boyle-Mariotte** mise en évidence vers 1660 ;
- la **transformation isobare**, c'est-à-dire à pression constante. Si on augmente la température, le volume du gaz augmente, c'est la dilatation. Le rapport $\frac{V}{T}$ **est constant**. C'est la **loi de Charles** ;
- la **transformation isochore,** c'est-à-dire à volume constant. Si on augmente la température, la pression du gaz augmente. Le rapport $\frac{P}{T}$ **est constant**.

Vers l'équation d'état des gaz parfaits

Les trois lois précédentes peuvent se résumer en une seule formule : $\frac{PV}{T}$ = constante.

Cette constante ne dépend que du nombre de moles n de gaz et d'une constante R dite ***constante des gaz parfaits***. C'est l'**équation des gaz parfaits**.

$\frac{PV}{T} = n \cdot R$. Autre forme de l'équation : $P \cdot V = n \cdot R \cdot T$

- P : pression en pascal (Pa)
- V : volume en mètre cube (m^3)
- T : température en kelvin (K)
- n : quantité de matière en mole (mol)
- $R = 8{,}314\ J \cdot K^{-1} \cdot mol^{-1}$

Cette équation, valable pour tous les gaz, permet de connaître une grandeur physique (P, V, T ou n) quand on connaît les trois autres.

Elle permet d'exprimer également :
- la masse volumique d'un gaz : $\rho = \frac{PM}{RT}$ où M est la masse molaire en $g \cdot mol^{-1}$;
- le volume molaire d'un gaz : $V_m = \frac{V}{n} = \frac{RT}{P}$.

Limites du modèle du gaz parfait

Le modèle du gaz parfait est excellent tant que la pression du fluide est suffisamment faible pour que l'on puisse négliger les forces d'interaction moléculaire. Quand la pression du gaz est plus importante, le physicien Van der Waals a apporté deux correctifs à l'équation. Celle-ci devient

$$\left(P + n^2\frac{a^2}{V^2}\right) \cdot (V - nb) = n \cdot R \cdot T$$

où a et b sont des constantes qui tiennent compte du volume propre des molécules et de l'attraction entre elles.

Exercices

01 QCM

Trouvez la ou les bonnes réponses.

1) La pression :

- ◯ **a)** se mesure en pascal.
- ◯ **b)** est le rapport d'une force sur une surface.
- ◯ **c)** se mesure avec un manomètre.
- ◯ **d)** sur une paroi diminue quand le nombre de chocs des molécules du fluide contre la paroi diminue.

2) La température :

- ◯ **a)** augmente si la vitesse moyenne des molécules augmente.
- ◯ **b)** se mesure en degré Fahrenheit.
- ◯ **c)** a pour unité officielle degré Celsius.

3) Un gaz :

- ◯ **a)** est un fluide.
- ◯ **b)** est parfait quand il est constitué d'une seule sorte de molécules.
- ◯ **c)** est parfait quand ses molécules sont assimilées à des sphères dures dont le diamètre est négligeable devant la distance moyenne qui les sépare.
- ◯ **d)** quand il est parfait, a ses trois grandeurs macroscopiques P, V et T qui sont régis par la relation $P{\cdot}V=n{\cdot}R{\cdot}T$.

4) Quand on agit sur un gaz :

- ◯ **a)** le produit $P{\cdot}V$ est constant pour une transformation isotherme.
- ◯ **b)** le rapport $\frac{V}{T}$ est constant pour une transformation isotherme.
- ◯ **c)** le rapport $\frac{P}{T}$ est constant pour une transformation isotherme.
- ◯ **d)** le produit $P{\cdot}V$ est constant pour une transformation isobare.
- ◯ **e)** le rapport $\frac{V}{T}$ est constant pour une transformation isobare.
- ◯ **f)** le rapport $\frac{P}{T}$ est constant pour une transformation isobare.
- ◯ **g)** le produit $P{\cdot}V$ est constant pour une transformation isochore.
- ◯ **h)** le rapport $\frac{V}{T}$ est constant pour une transformation isochore.
- ◯ **i)** le rapport $\frac{P}{T}$ est constant pour une transformation isochore.

02 Trois transformations

On effectue de 3 manières différentes une compression qui amène un mélange air - essence de l'état 1 à l'état 2 avec :

État 1 : P_1 = 1 bar V_1 = 3 litres

État 2 : P_2 = 3 bars V_2 = 1 litres

La première évolution est isochore puis isobare, la deuxième est isobare puis isochore, la troisième est isotherme ($P.V$ = Cte)

Représentez ces trois transformations dans le diagramme (V, P) ci-contre appelé diagramme de Clapeyron.

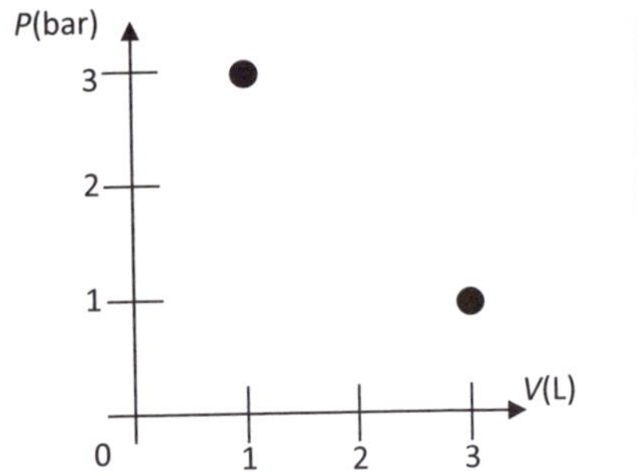

03 Ça roule !

> **Données**
> Masse molaire de l'air M = 29 g·mol⁻¹.
> Constante du gaz parfait, R = 8,314 SI.

Un pneu de voiture est gonflé à la température de T_1 = 20,0 °C sous la pression de P_1 = 2,10 bar. Son volume intérieur, supposé constant, est de V_1 = 30,0 L.

1) Exprimez les grandeurs dans les unités officielles :

T_1 = ... P_1 = ... V_1 = ...

2) Quelle quantité de matière d'air contient-il ? À quelle masse cela correspond-il ?

....

....

3) Après avoir roulé un certain temps, une vérification de la pression est effectuée : la pression est alors de P_2 = 2,30 bar. Quelle est alors la température T_2 de l'air enfermé dans le pneu ?

....

....

4) Comment qualifie-t-on cette transformation à volume constant ? ....

04 Tu es ma bouteille d'oxygène

Une bouteille d'acier, munie d'un détendeur, contient dans un volume V_1 = 60 L, de l'air comprimé sous P_1 = 15 bar.

1) En ouvrant le détendeur à la pression atmosphérique, quel volume d'air peut-on extraire à température constante ?

....

....

2) Comment qualifie-t-on cette transformation à température constante ? ....

05 Ça va faire un tube

Un tube de longueur L = 1 m et de section s = 80 mm² contient du 648 µg de néon (masse molaire M = 20,2 g·mol⁻¹) à la température T = 300 K. **Quelle est la pression à l'intérieur du tube ?**

....

....

Effectuer des bilans d'énergie sur un système : le premier principe de la thermodynamique

L'énergie interne

L'énergie totale

En spécialité de première, deux formes d'énergie ont été étudiées :

- **l'énergie cinétique** $E_c = \frac{1}{2} m \cdot v^2$, pour un système de masse m se déplaçant à la vitesse v. Il s'agit d'une forme d'énergie macroscopique relative à un mouvement d'ensemble du système.
- **l'énergie potentielle de pesanteur**, $E_p = m \cdot g \cdot z$, pour un système de masse m situé à une altitude z dans un champ de pesanteur $\vec{g}$.

L'addition de ces deux énergies macroscopiques est **l'énergie mécanique** $E_m = E_c + E_p$.

L'énergie totale d'un système est la somme de l'énergie mécanique et d'une énergie interne notée U.

$$E_{totale} = E_m + U$$

Mais, que se cache-t-il sous cette énergie interne U ?

Signification de l'énergie interne *U*

L'énergie interne résulte de différentes contributions :
- l'énergie cinétique **microscopique** égale à la somme de toutes les énergies cinétiques de toutes les particules du système. Ces particules, en mouvement désordonné, constituent **l'agitation thermique**. Plus la température d'un corps est grande, plus l'agitation thermique est importante ;
- l'énergie potentielle associée à toutes les forces intérieures ;
- la somme des énergies de masse des particules. On rappelle que les énergies de masse sont de la forme mc^2.

Puisqu'il serait fastidieux, et même impossible, de calculer les précédentes contributions, l'énergie interne est définie comme l'énergie totale à laquelle on a enlevé l'énergie mécanique.

$$U = E_{totale} - E_m$$

Propriétés de l'énergie interne *U*

- U est une fonction d'état, c'est-à-dire qu'elle ne dépend que des états initial et final d'une transformation.
- U se conserve dans un **système isolé**.
- U est **extensive**.

Échange d'énergie

Un système est **fermé** s'il n'échange **pas de matière avec l'extérieur**. S'il n'échange pas de matière, il peut échanger deux formes d'énergie avec l'extérieur :
- de la **chaleur**, notée ***Q*** appelée également transfert thermique,
- du **travail**, noté ***W*** (comme *work*), lié, le plus souvent, à des forces de pression.

Ces échanges d'énergie (chaleur et travail) font varier l'énergie totale du système. C'est l'objet du premier principe.

Vocabulaire

Système isolé : système qui ne reçoit ni chaleur, ni travail, ni matière.

Extensive : une grandeur est extensive si elle est proportionnelle à la taille du système. Par exemple, la masse est une grandeur extensive. La masse d'un système deux fois plus grand est deux fois plus grande.

Le premier principe de la thermodynamique

Bilan d'énergie

La variation d'énergie totale d'un système entre deux instants est liée au travail et à la chaleur échangés avec l'extérieur. Ainsi :

$$\Delta E_{totale} = W + Q$$

C'est le **premier principe de la thermodynamique**.
Dans le cas très fréquent, où l'énergie mécanique se conserve, $\Delta E_{totale} = \Delta(E_m + U) = \Delta U$
L'énoncé du premier principe devient alors : $\boldsymbol{\Delta U = W + Q}$. On s'intéresse, non pas à l'énergie interne, mais à sa variation.

Cas d'un système isolé

Le café contenu dans une bouteille thermos peut être considéré comme isolé car :
- il n'échange pas de matière avec l'extérieur, le bouchon est fermé ;
- il n'échange pas de travail avec l'extérieur, les parois de la bouteille thermos sont rigides ;
- il n'échange pas de chaleur avec l'extérieur de par sa confection.

D'après le premier principe,
$\Delta U = W + Q = 0 + 0 = 0$
La variation d'énergie interne est nulle.

Cas de la compression adiabatique d'un gaz

Une transformation est adiabatique quand elle n'échange pas de chaleur avec l'extérieur, ainsi $Q = 0$.
Imaginons un gaz enfermé dans une enceinte calorifugée et un piston qui permet de comprimer ce gaz. Ce dernier va recevoir du piston un travail $W > 0$.
D'après le premier principe, $\Delta U = W + Q = W + 0 = W$

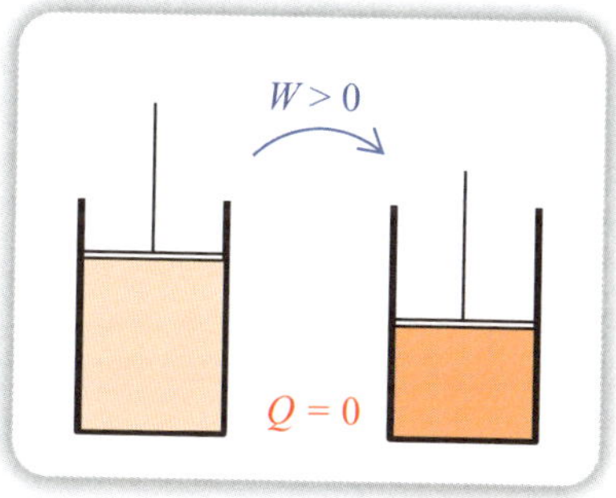

Capacité thermique d'un système incompressible

Contrairement aux gaz qui peuvent recevoir un travail dû à la pression, les solides et les liquides sont incompressibles. Ainsi, le premier principe donne $\Delta U = Q$.
Lorsqu'on chauffe un corps (lorsqu'il reçoit de la chaleur Q), sa température augmente. Lorsque la température d'un corps (solide ou liquide) de masse m passe d'une température initiale T_i à une température finale T_f, sa variation d'énergie interne ΔU est égale à :

$$\Delta U = m \cdot c \cdot (T_f - T_i) = m \cdot c \cdot \Delta T$$

- ΔU : variation d'énergie interne en joule (J)
- m : masse en kilogramme (kg)
- ΔT : variation de température en kelvin (K) ou en degré Celsius (°C)
- c : **capacité thermique massique** du corps en joule par kilogramme et par kelvin ($J \cdot kg^{-1} \cdot K^{-1}$) ou en joule par kilogramme et par degré Celsius ($J \cdot kg^{-1} \cdot °C^{-1}$)

La capacité thermique massique d'un corps dépend de sa nature et de son état physique. Il s'agit de l'énergie qu'il faut fournir à un kilogramme de corps pour augmenter sa température d'un degré Celsius ou d'un kelvin.

Le transfert thermique

Trois modes de transfert thermique

La **conduction thermique** est un mode de transfert d'énergie à l'échelle microscopique. L'énergie cinétique microscopique des particules est plus grande dans les régions chaudes d'un corps que dans les régions froides. Le transfert thermique s'effectue par collisions : les particules les plus rapides cèdent une partie de leur énergie microscopique aux particules les plus lentes. Le transfert thermique s'effectue **sans déplacement macroscopique de matière**. Elle se produit principalement dans les solides.

La **convection** est un échange d'énergie **par déplacement de matière à l'échelle macroscopique**. Elle se produit principalement dans les fluides. Elle peut être forcée ou naturelle. Lorsqu'on chauffe de l'eau dans une casserole, la zone la plus chaude au contact du fond de la casserole s'élève car elle est moins dense. Elle chasse l'eau plus froide en surface qui plonge ; des courants de convection s'installent.

Tous les corps émettent un **rayonnement** électromagnétique. Plus un corps est chaud, plus la longueur d'onde émise est grande. Par exemple, le Soleil émet un rayonnement thermique qui s'étend de l'ultraviolet à l'infrarouge. Les corps à température ambiante émettent dans l'infrarouge lointain. Le rayonnement n'a pas besoin de support matériel car les ondes électromagnétiques peuvent se propager dans le vide.

Flux et résistance thermique

Dans une maison, on cherche à minimiser les pertes thermiques par conduction. C'est la raison pour laquelle on utilise des fenêtres à double vitrages. En physique, on définit **le flux thermique φ** comme l'énergie thermique Q transférée à travers une paroi pendant une durée Δt :

$$\varphi = \frac{Q}{\Delta t} \quad \begin{cases} \varphi \text{ en watt (W)} \\ Q \text{ en joule (J)} \\ \Delta t \text{ en seconde (s)} \end{cases}$$

Le transfert thermique Q à travers une paroi se fait spontanément de la source chaude à la température T_1 vers la source froide à la température T_2.

Le flux s'exprime également en fonction de ces températures :

$$\varphi = \frac{T_1 - T_2}{R_{th}}$$

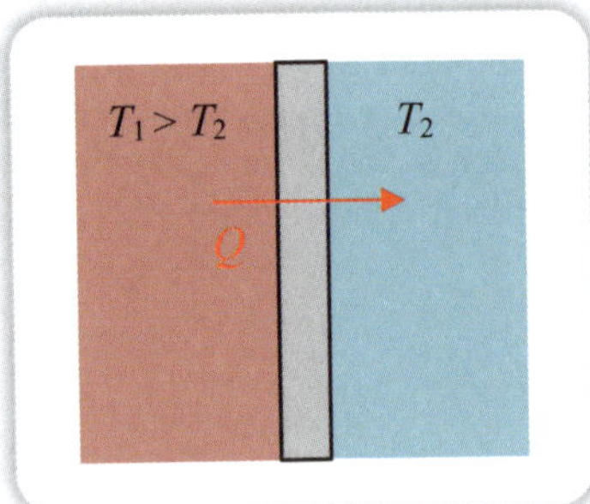

Les températures T_1 et T_2 s'expriment en kelvin (K) ou en degré Celsius (°C). R_{th} est la **résistance thermique**. Elle s'exprime en kelvin par watt ($K \cdot W^{-1}$) ou en degré Celsius par watt ($°C \cdot W^{-1}$).

Pour un écart de température donné $T_1 - T_2$, plus la résistance thermique de la paroi est grande, plus le flux thermique est petit. Un bon isolant thermique, comme la laine de verre, a une grande résistance thermique.

Bilans thermiques

Bilan thermique du système Terre-atmosphère

Dans un bilan radiatif du système Terre-Atmosphère, on distingue les flux d'énergie dans le visible et dans l'infrarouge.

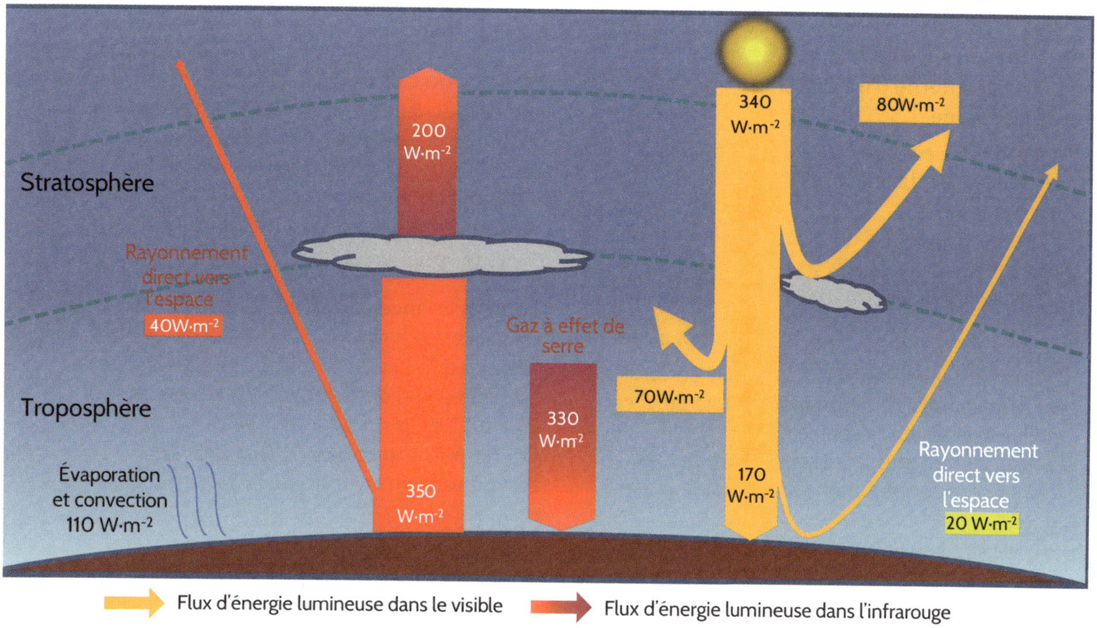

Loi phénoménologique de Newton

Le célèbre physicien anglais avait stipulé que, lors d'un transfert thermique par convection, le flux thermique φ est proportionnel à la différence de température T entre le système étudié et la température extérieure T_{ext} considérée comme constante.

En langage mathématique,

$$\varphi = -r \times (T - T_{ext})$$

Le coefficient r dépend de la surface d'échange. D'après les formules précédentes,

$$\varphi = \frac{Q}{\Delta t} = \frac{m \cdot c \cdot \Delta T}{\Delta t} = -r \times (T - T_{ext})$$

Quand Δt tend vers 0, on obtient une **équation différentielle** dont la solution est :

$$T(t) = T_{ext} + (T(0) - T_{ext})\, e^{-\gamma t}$$

Le coefficient « $-\gamma$ » dans l'exponentielle assure la décroissance de la fonction. La droite d'équation $T = T_{ext}$ est une asymptote à la courbe.

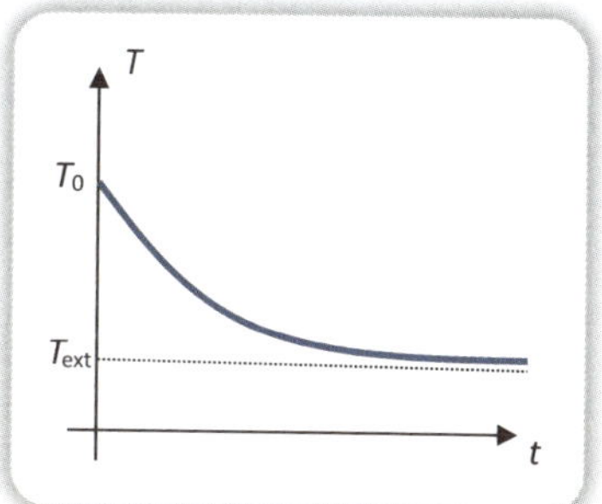

Vocabulaire

Équation différentielle : équation fonctionnelle reliant une fonction f et sa dérivée f'.

Exercices

01 QCM

Trouvez la ou les bonnes réponses.

1) L'énergie interne d'un système macroscopique :

- ◯ **a)** résulte de contributions microscopiques.
- ◯ **b)** peut varier suite à des échanges de chaleur avec l'extérieur.
- ◯ **c)** peut varier suite à des travaux échangés avec l'extérieur.
- ◯ **d)** est nul pour un système isolé.

2) Le flux thermique à travers une paroi plane :

- ◯ **a)** est l'énergie transférée à travers la paroi.
- ◯ **b)** correspond à un transfert d'énergie de la source froide vers la source chaude.
- ◯ **c)** est d'autant plus grand que l'écart de température entre l'intérieur et l'extérieur est grand.
- ◯ **d)** s'exprime en watt par seconde.

3) Quand on se brûle avec un tisonnier, cette longue barre de fer pour attiser le feu, c'est :

- ◯ **a)** du rayonnement
- ◯ **b)** de la convection
- ◯ **c)** de la conduction
- ◯ **d)** les trois à la fois

4) Dans un calorimètre (enceinte calorifugée qui empêche les transferts thermiques), on mélange une masse m_1 = 100 g d'eau à la température T_1 = 50 °C et une masse m_2 = 200 g d'eau à la température T_2 = 20 °C. Quelle est la température finale T_f du mélange ?

◯ **a)** 28 °C ◯ **b)** 30 °C ◯ **c)** 37 °C ◯ **d)** 44 °C

5) La puissance surfacique émise par la surface de la Terre est de 390 W·m^{-2}. La loi de Stefan énonce que la puissance surfacique P_S d'un corps dépend de la température de celui-ci. $P_S = \sigma \cdot T^4$ où $\sigma = 5{,}67 \times 10^{-8}$ W·m^{-2}·K^{-4}. On rappelle que t(K) = θ(°C) + 273. La température moyenne de la Terre est estimée à :

◯ **a)** 05 °C ◯ **c)** 15 °C
◯ **b)** 10 °C ◯ **d)** 20 °C

6) Un café à 80 °C se trouve dans une pièce à 20 °C. Après 2 minutes, le café est à 60 °C. On suppose que la vitesse de refroidissement suit la loi de Newton, c'est-à-dire qu'il existe une constante γ telle que :

$$\frac{dT}{dt} = \gamma(T - T_{ext})$$

Au bout de combien de temps, le café sera à une température de 50 °C ?

- ◯ **a)** 2 minutes et 30 secondes
- ◯ **b)** 3 minutes et 30 secondes
- ◯ **c)** 4 minutes
- ◯ **d)** 5 minutes

02 Et c'est parti pour le chaud (D'après Bac TS Polynésie 2017)

Construire des immeubles de grande hauteur en bois est désormais possible. Jusqu'à présent le bois assurait les ossatures et les charpentes des maisons individuelles. Les techniques de lamellé collé consistant à coller entre elles des lames de bois permettaient la construction d'immeubles collectifs de quatre étages. Depuis quelques années, il est possible de construire des immeubles d'une quinzaine d'étages grâce à la fabrication de panneaux porteurs par la technique de « *Cross Laminated Timber* » (CLT). Les dimensions d'un panneau CLT en épicéa : L = 6,0 m ; l = 3,0 m ; épaisseur : 20 cm.

La résistance thermique *R*th d'une paroi se détermine par la relation :

$$R = \frac{e}{\lambda \times S}$$

λ : conductivité thermique du matériau en $W{\cdot}m^{-1}{\cdot}K^{-1}$
e : épaisseur de la paroi en mètre (m)
S : surface de la paroi en mètre carré (m^2)

Matériau	Épicéa	Béton armé	Verre	Air	Argon
Conductivité thermique en $W{\cdot}m^{-1}{\cdot}K^{-1}$	0,11	2,2	1,2	0,026	0,018

1) Déterminez la valeur de la résistance thermique du panneau CLT en épicéa.

2) Déterminez l'épaisseur de béton armé nécessaire pour obtenir une paroi de même surface que le panneau CLT et ayant les mêmes performances techniques.

Les fenêtres en bois de l'immeuble sont constituées d'un double vitrage composé de deux feuilles de verre de 4,0 mm d'épaisseur séparées par un espace hermétique clos renfermant 12,0 mm d'air. On étudie une fenêtre de surface S = 4,0 m^2.

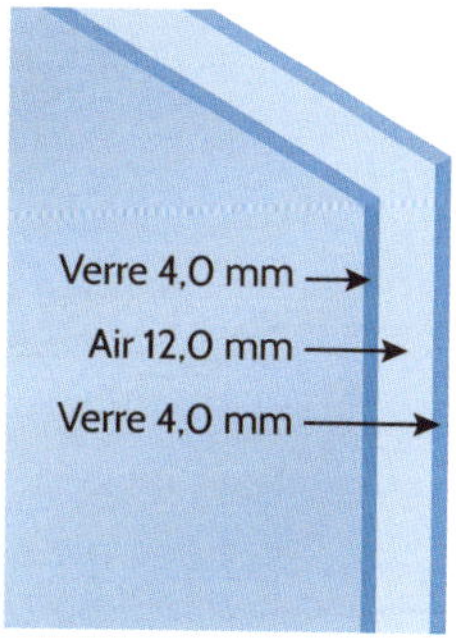

La règlementation édicte que le coefficient de transmission thermique *U* d'un vitrage doit être inférieur à un niveau maximal réglementaire de 2 $W{\cdot}m^{-2}{\cdot}K^{-1}$.
Le coefficient *U* d'une paroi homogène est l'énergie thermique qui traverse cette paroi en régime permanent, par unité de temps, par unité de surface et pour une différence de température de 1 °C entre la face interne et la face externe.

3) Citez le mode de transfert d'énergie prépondérant à travers le vitrage. Donnez-en une interprétation microscopique.

4) Déterminez la valeur du flux thermique traversant la fenêtre en double vitrage pour un écart de température de 10 °C entre l'intérieur et l'extérieur.

5) En supposant que seul le mode de transfert d'énergie prépondérant intervient peut-on dire que ce vitrage respecte la réglementation ?

Bilan

Des grandeurs physiques pour décrire un gaz parfait

La pression P (en pascal)

La température T (en kelvin)

Équation d'état des gaz parfaits $P \cdot V = n \cdot R \cdot T$

Le volume V (en mètre cube)

La quantité de matière n (en mole)

Des énergies pour décrire un gaz parfait

Énergie cinétique macroscopique Ec

Énergie potentiel de pesanteur Ep

+

Énergie interne U

=

Énergie totale E

Des lois pour décrire les échanges d'énergie

Le premier principe de la thermodynamique $\Delta U = W + Q$

Pour un système incompressible → $\Delta U = m \cdot c \cdot (T_f - T_i) = m \cdot c \cdot \Delta T$

Trois modes de transfert thermique : conduction, convection, rayonnement

Flux thermique $\varphi = \dfrac{Q}{\Delta t} = \dfrac{T_1 - T_2}{R_{th}}$

Pour la convection → Loi de Newton $\varphi = \dfrac{Q}{\Delta t} = -r \times (T - T_{ext})$

Ondes et signaux

Caractériser les phénomènes ondulatoires

L'intensité sonore

Niveau sonore et intensité sonore

L'intensité sonore est la grandeur physique permettant de distinguer un son fort d'un son faible. Elle se note I et se mesure en $W \cdot m^{-2}$. L'oreille humaine perçoit des signaux sonores dont l'intensité est comprise entre une valeur minimale $I_0 = 1{,}0 \times 10^{-12}\ W \cdot m^{-2}$ (seuil d'audibilité) et une valeur maximale égale à $25\ W \cdot m^{-2}$ (seuil de douleur).

Le **niveau sonore** est une autre grandeur physique qui traduit le « volume sonore ». Il se note L (comme *level*, niveau en anglais) et s'exprime en **décibel** (**dB**). Il se calcule à partir de l'intensité sonore I :

$$L = 10 \times \log\left(\frac{I}{I_0}\right)$$

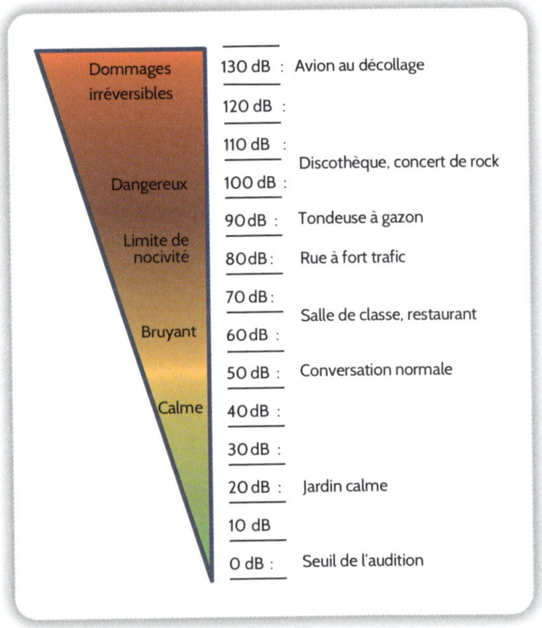

La présence de la fonction logarithme donne des résultats déroutants. Un trompettiste situé à une distance d d'un auditeur joue de son instrument. L'auditeur perçoit un niveau sonore de 70 dB. Si un deuxième trompettiste venait à jouer à la même distance de l'auditeur, celui-ci n'entendrait pas un son de 140 dB ! Les niveaux sonores ne s'ajoutent pas ! Il entendrait un son de 73 dB. Doubler le nombre de sources sonores identiques revient à ajouter 3 dB. Ainsi, quatre trompettistes produiraient un niveau sonore de 76 dB, 8 trompettistes 79 dB...

Atténuation géométrique et atténuation par absorption

L'**atténuation géométrique** dépend du type de la source de bruit. Pour une source ponctuelle, la puissance acoustique se répartit sur une surface sphérique. L'intensité décroît avec le carré de la distance. L'auditeur perçoit 6 dB en moins à chaque doublement de la distance qui le sépare de la source ponctuelle.

L'**atténuation par absorption** est due à la propagation de l'onde sonore dans l'air. Celle-ci perd une fraction constante de son énergie par unité de distance (elle est convertie en chaleur). L'absorption par l'air est influencée par la température ainsi que l'humidité et dépend fortement de la fréquence. Les hautes fréquences sont significativement plus atténuées. À grande distance, on n'entend plus que les basses fréquences émises par les sources sonores.

> **Vocabulaire**
>
> **Décibel :** unité de niveau sonore valant 1/10 de bel. Elle doit son nom à Alexandre Graham Bell, l'inventeur du téléphone.
>
> **Fonction logarithme (log) :** fonction continue qui transforme un produit en somme. Ainsi, $\log(ab) = \log(a) + \log(b)$. On a $\log(1) = 0$ et $\log(10) = 1$. Sa fonction inverse est $f(x) = 10^x$.

La diffraction

Comment obtenir une figure de diffraction ?

Quand une onde arrive sur une ouverture ou un obstacle, deux cas peuvent se produire :

- l'ouverture ou l'obstacle ont une taille bien plus grande que la longueur d'onde de l'onde. L'onde est simplement arrêtée par l'obstacle ou canalisée par l'ouverture (figure de gauche) ;
- en revanche, si les dimensions de l'ouverture ou de l'obstacle sont du même ordre de grandeur que la longueur d'onde de l'onde, il y a alors **diffraction**, l'onde change de direction (figure de droite).

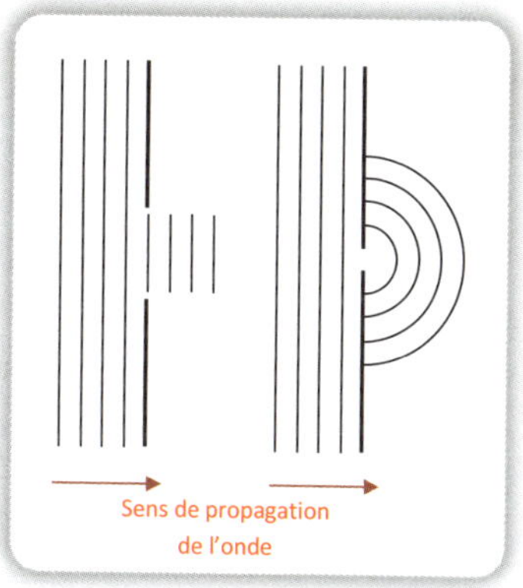

Le phénomène de diffraction s'observe :

- avec des mécaniques (vagues, ondes sonores),
- avec des ondes électromagnétiques (ondes visibles, comme le laser en Travaux Pratiques, les ondes radios...).

La diffraction en pratique

En salle de Travaux Pratiques, une expérience classique consiste à éclairer une fente de largeur a avec un laser de longueur d'onde λ.

On observe sur l'écran situé à une distance D de la fente une figure de diffraction : une alternance de zones lumineuses et de zones sombres.

On mesure alors la largeur ℓ de la fente centrale. On calcule ensuite le **demi-angle de diffraction** θ :

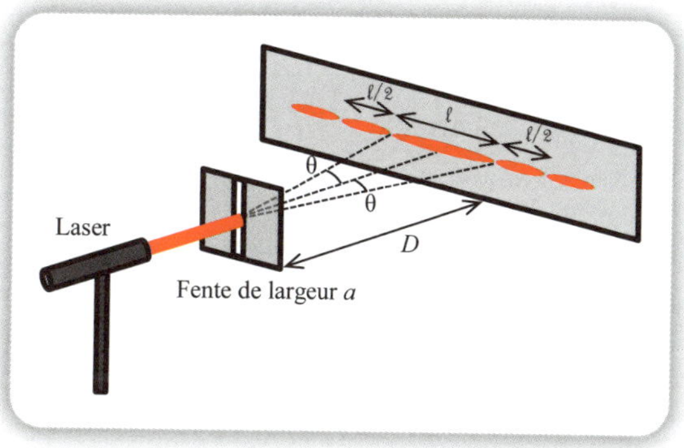

$$\tan\theta = \frac{\frac{\ell}{2}}{D} = \frac{\ell}{2D}$$

La distance D étant grande devant la distance ℓ, le demi-angle de diffraction est suffisamment petit pour pouvoir assimiler θ et $\tan\theta$. Ainsi,

$$\theta = \frac{\ell}{2D}$$

Le demi-angle de diffraction est lié à la largeur de la fente centrale a et à la longueur d'onde λ :

$$\theta = \frac{\lambda}{a}$$

En traçant $\theta = f(1/a)$, on obtient une droite dont le coefficient directeur est λ.

En utilisant les deux égalités,

$$\frac{\ell}{2D} = \frac{\lambda}{a}$$

La diffraction en lumière polychromatique

Contrairement au laser caractérisé par une seule longueur d'onde, la lumière polychromatique est composée de plusieurs radiations de différentes longueurs d'onde. Chaque radiation donne sa propre figure de diffraction. La composante rouge de longueur d'onde 700 nm engendre un demi-angle de diffraction plus grand que la composante bleue de longueur d'onde 500 nm. Les figures de diffraction se superposent : on obtient une **irisation**.

> **Vocabulaire**
> **Irisation :** reflet rappelant les couleurs de l'arc-en-ciel.

Les interférences

Comment obtenir des interférences ?

On observe des **interférences** quand deux ondes de même fréquence se superposent. Elles ont lieu pour des ondes de toute nature :
- mécaniques (vagues, ondes sonores),
- électromagnétiques.

Lorsque deux ondes se superposent, leurs élongations s'ajoutent. On distingue deux cas :

Interférences

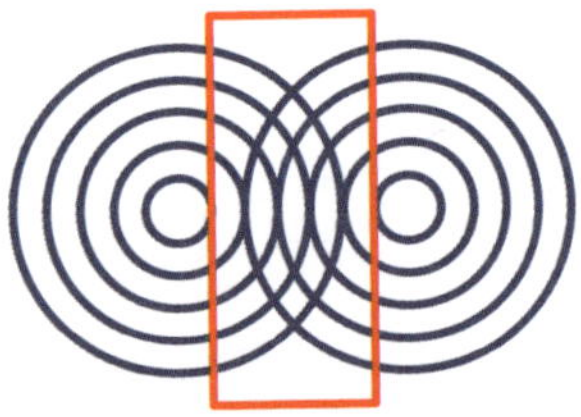

Les vaguelettes produites par deux cailloux jetés dans l'eau forment des interférences lorsqu'elles se rencontrent.

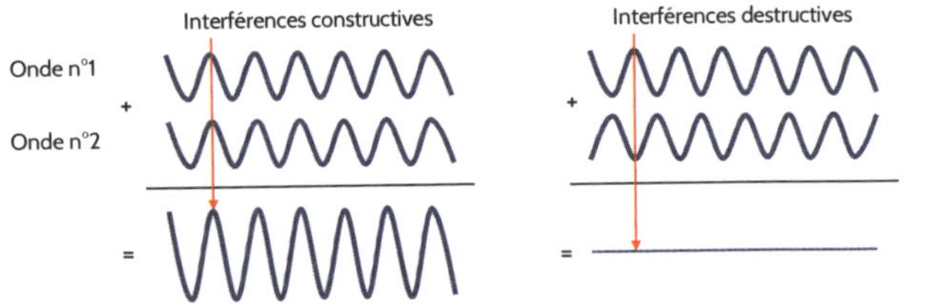

Quand les maximums se correspondent, les ondes sont en phase. L'amplitude de l'onde résultante est double.

Quand un maximum de l'une correspond à un minimum de l'autre, les ondes sont en opposition de phase. L'amplitude de l'onde résultante est nulle.

Les interférences en pratique

En salle de Travaux Pratiques, l'expérience classique consiste à éclairer deux fentes de largeur a séparées par une distance b avec un laser de longueur d'onde λ. On observe :
- la figure de diffraction due au passage de la lumière dans une fente (ici dans deux),
- une alternance de franges brillantes et sombres (due aux interférences) dans la figure de diffraction.

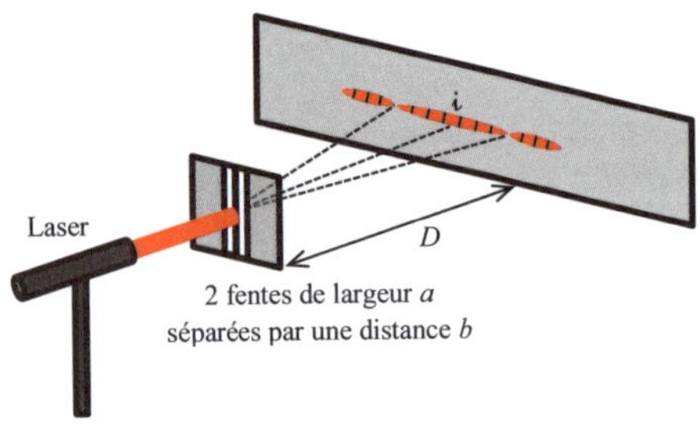

L'**interfrange**, noté i, est la distance qui sépare deux franges brillantes ou deux franges sombres. Elle est égale à :

$$i = \frac{\lambda \cdot D}{b}$$

i est une longueur et s'exprime en mètre (m).

La différence de marche

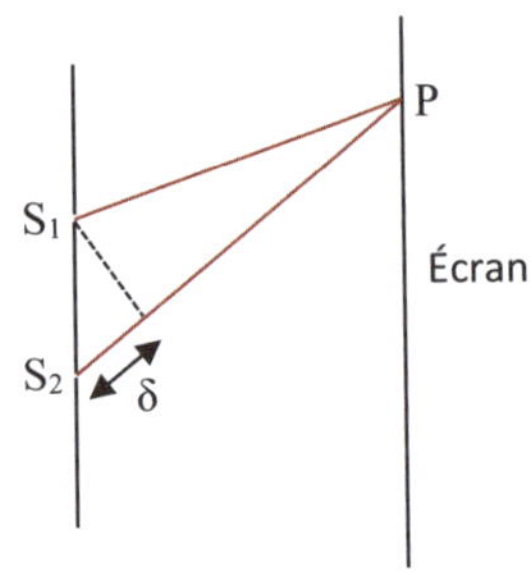

On imagine que deux ondes (S_1 et S_2) de même fréquence avec un déphasage constant interfèrent sur un écran.

La **différence de marche** δ observée en un point P est égale à $\delta = S_2P - S_1P$.

On observe des interférences constructives si $\delta = k \cdot \lambda$ où k est un entier relatif.

On observe des interférences destructives si $\delta = (k + \frac{1}{2}) \cdot \lambda$ où k est un entier relatif.

L'effet Doppler

Description

Une onde (sonore ou électromagnétique) de fréquence f_E est perçue par le récepteur :

- avec une fréquence $f_R > f_E$ quand l'émetteur et le récepteur se rapprochent ;
- avec une fréquence $f_R < f_E$ quand l'émetteur et le récepteur s'éloignent.

Quand il s'agit d'ondes sonores, le son paraît :

- plus aigu à l'observateur, si la source se rapproche,
- plus grave à l'observateur, si la source s'éloigne.

Par exemple, le son d'une sirène d'une ambulance qui passe est déformé pour une personne immobile sur un trottoir.

L'effet Doppler-Fizeau en astronomie

L'effet Doppler-Fizeau est l'effet Doppler pour les ondes électromagnétiques. Il permet de calculer la valeur de la vitesse (radiale) d'une étoile. Lorsqu'une étoile s'éloigne de la Terre, elle semble « plus rouge » : on observe un décalage vers les grandes longueurs d'onde (« *redshift* »). Lorsqu'une étoile se rapproche de la Terre, elle semble « plus bleu » on observe un décalage vers les petites longueurs d'onde (« *blueshift* »).

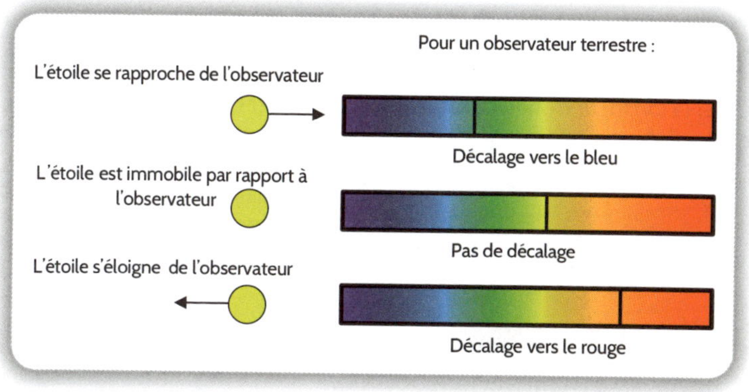

Le décalage Doppler en acoustique

Imaginons qu'une personne est immobile sur un trottoir. Une ambulance se dirige vers la personne. Soient :

- f_E : la fréquence du son émis par la source,
- f_R : la fréquence du son perçu par l'auditeur,
- v_E : la vitesse de l'ambulance par rapport à l'auditeur immobile,
- v : la vitesse du son dans l'air.

Il existe une relation entre toutes ces grandeurs. Si l'ambulance se rapproche : $f_R = f_E \cdot \frac{v}{v - v_E}$.
On définit le **décalage Doppler δf** par :

$$\delta f = f_R - f_E = f_E \cdot \frac{v}{v - v_E} - f_E = f_E \cdot \frac{v_E}{v - v_E}$$

La vitesse de l'ambulance est négligeable devant la vitesse du son, alors :

$$\delta f = f_E \cdot \frac{v_E}{v}$$

Exercices

01 QCM

Trouvez la ou les bonnes réponses.

1) Le niveau sonore :

- ◯ **a)** s'exprime en $W{\cdot}m^{-2}$.
- ◯ **b)** s'exprime en décibel.
- ◯ **c)** se calcule à partir de l'intensité sonore selon la formule $L = 10 \times \log(\frac{I}{I_0})$.
- ◯ **d)** double quand on double le nombre de sources sonores.

2) La diffraction de la lumière :

- ◯ **a)** est liée au caractère ondulatoire de celle-ci.
- ◯ **b)** a lieu quand l'obstacle ou l'ouverture est bien plus grande que l'onde incidente.
- ◯ **c)** permet de calculer la longueur d'onde du laser grâce à la fonction $\theta = f(\alpha)$.

3) Les interférences de deux sources lumineuses :

- ◯ **a)** sont liées au caractère ondulatoire de la lumière.
- ◯ **b)** sont constructives quand les ondes sont en opposition de phase.
- ◯ **c)** sont constructives si la différence de marche est multiple de la longueur d'onde.
- ◯ **d)** permettent de calculer un interfrange égal à $i = \frac{b}{\lambda \cdot D}$.

4) L'effet Doppler :

- ◯ **a)** explique la différence entre la fréquence émise et la fréquence perçue.
- ◯ **b)** fait percevoir un son plus grave quand une source sonore se rapproche.
- ◯ **c)** fait percevoir une lumière plus rouge quand une source lumineuse se rapproche.

02 La fête des voisins

Un niveau sonore de 80 dB correspond au seuil de « nocivité » : cela signifie qu'être exposé à un son de ce niveau 8 heures par jour au moins entraîne des problèmes de santé. Le seuil de douleur est, lui, égal à 120 dB. Avec l'arrivée du printemps, les tondeuses à gazon sont de sortie. On mesure 90 dB à un mètre du moteur de la tondeuse. À ce niveau, il ne faudrait pas être exposé plus d'une heure.

1) Quel est le niveau sonore perçu par un voisin situé à 8 mètres de la tondeuse ?

....

....

2) Combien de tondeuses faudrait-il faire fonctionner simultanément pour provoquer un seuil de douleur ? On rappelle que la fonction inverse du logarithme décimal est $f(x) = 10^x$.

....

....

03 Tiré par les cheveux

Un cheveu se trouve sur le parcours d'un rayon laser de longueur d'onde 632 nm. On obtient sur un écran situé à 1,50 m du cheveu une figure de diffraction dont la tache centrale a une largeur de 3,0 cm.

1) Dessinez le schéma de l'expérience.

2) Quel est le diamètre du cheveu ?

3) On remplace un cheveu par deux cheveux séparés de 200 µm. Donnez la valeur de l'interfrange.

04 Ce n'est pas si grave

La sirène d'une ambulance émet un son de fréquence f = 516 Hz. On note λ la longueur d'onde et T la période de l'onde. Le véhicule se rapproche d'un observateur immobile. Pendant l'intervalle de temps T, le son parcourt la distance λ. Pendant ce temps, le véhicule avance d'une distance $d = v \times T$. La longueur d'onde λ' perçue par l'observateur à droite de la source est égale à : $\lambda' = \lambda - v \times T$. « c » est la vitesse du son.

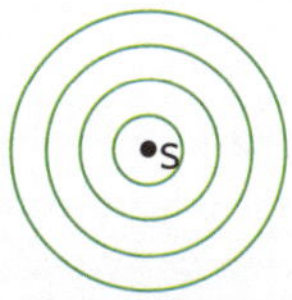

Fronts d'onde de l'onde sonore pour une ambulance immobile.

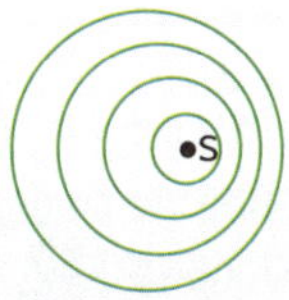

Fronts d'onde de l'onde sonore pour une ambulance qui se déplace à la vitesse v < c.

1) À partir de la relation précédente, montrez que :

$f' = f \cdot \dfrac{c}{c - v}$ où f' est la fréquence sonore perçue par l'observateur.

2) Le son perçu est-il plus grave ou plus aigu ? ....

3) La fréquence perçue est égale à f'= 543 Hz. Calculez la vitesse v de l'ambulance en $m{\cdot}s^{-1}$, puis en $km{\cdot}h^{-1}$.

4) Si l'ambulance s'éloigne de l'observateur à la même vitesse, quelle sera la fréquence f'' perçue par l'observateur ? Le son est-il plus grave ou plus aigu ?

Quelques rappels sur les lentilles

Un peu de vocabulaire

Une lentille possède un **centre optique O**, placé sur un axe imaginaire, **l'axe optique**. Deux points imaginaires les **foyers F et F'** sont placés de part et d'autre du centre optique O.

- Le sens positif de l'axe est orienté dans le sens de propagation de la lumière (traditionnellement, de gauche à droite).
- Un axe perpendiculaire est orienté dans le sens de l'objet étudié (traditionnellement du bas vers le haut).
- Les positions du point objet A et de l'image A' sont repérés par des grandeurs algébriques : $\overline{OA}$ et $\overline{OA'}$.

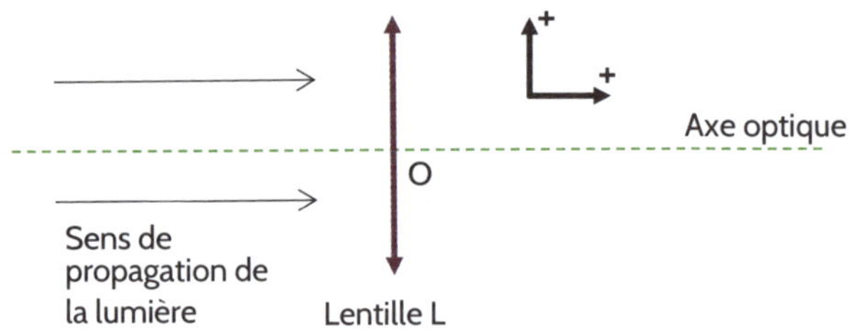

Conventions algébriques pour les orientations.

Les objets et les images sont qualifiés de **réelle** ou **virtuelle** selon leur position par rapport au centre optique :
La **distance focale $\overline{OF'}$** de la lentille est notée $f\,'$ et se mesure en mètre (m).

	> 0	< 0
Objet $\overline{OA}$	virtuelle	réelle
Image $\overline{OA'}$	réelle	virtuelle

Relation de conjugaison et grandissement

La **relation de conjugaison** est une relation entre la position de l'objet $\overline{OA}$, la position de l'image $\overline{OA'}$ et la distance focale $\overline{OF'}$:

$$\frac{1}{\overline{OA'}} - \frac{1}{\overline{OA}} = \frac{1}{\overline{OF'}}$$

Le **grandissement** γ est une grandeur algébrique définie égale à :

$$\gamma = \frac{\overline{OA'}}{\overline{OA}} = \frac{\overline{A'B'}}{\overline{AB}}$$

Si $\gamma > 0$, l'objet et l'image sont dans le même sens.
Si $\gamma < 0$, l'objet et l'image sont dans des sens opposés.
Si $|\gamma| > 1$, l'image est plus grande que l'objet, si $|\gamma| < 1$, l'image est plus petite que l'objet.

Modèle optique d'une lunette astronomique

Description d'une lunette astronomique

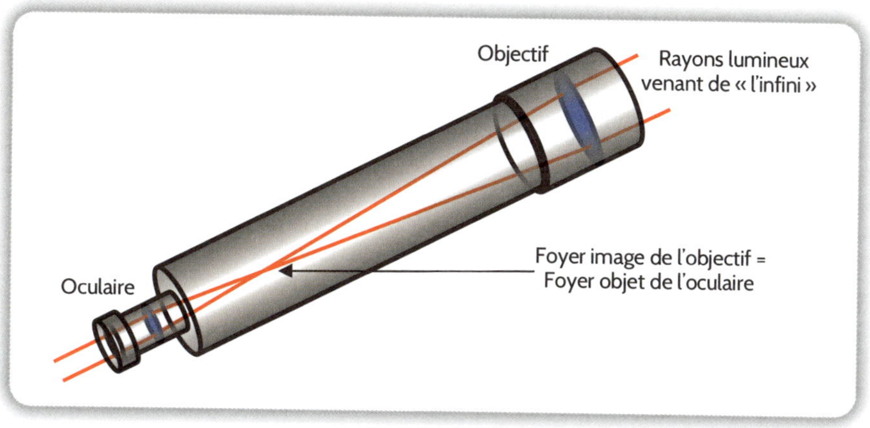

Une lunette astronomique est constituée de deux lentilles :

- l'**objectif**, une lentille convergente, à l'entrée de l'instrument, qui capte la lumière de l'astre observé ;
- l'**oculaire**, en sortie, qui rejette l'image de l'astre à l'infini afin d'en faciliter son observation.

Le foyer image de l'objectif et le foyer objet de l'oculaire sont confondus : on dit que le système est **afocal**.
En suivant le trajet des rayons lumineux, on remarque que **l'image est renversée**.

Modélisation d'une lunette astronomique

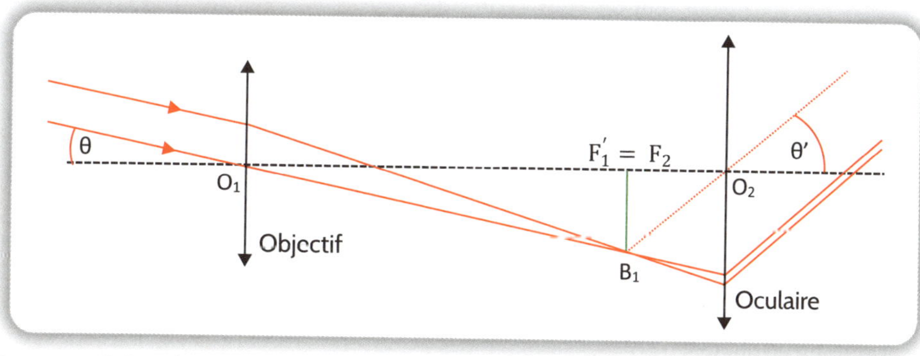

Le **grossissement *G*** d'une lunette astronomique est défini par :

$$G = \frac{\theta'}{\theta}$$

En se plaçant dans les triangles O_1B_1 et $O_2F_2B_1$ on se rend compte que l'on peut exprimer le grossissement en fonction des distances focales f_1' et f_2' des deux lentilles :

$$G = \frac{f_1'}{f_2'}$$

L'image sera d'autant plus grande que la focale de l'objectif sera grande et celle de l'oculaire petite.

Le photon

La lumière : onde ou particule

Les ondes électromagnétiques constituent une grande famille allant des ondes radio (ondes hertziennes) aux rayons X en passant par la lumière visible. La longueur d'onde (ou la fréquence) permet de distinguer ces différentes ondes. Ce que l'on appelle « lumière » n'est en fait qu'une infime partie d'un spectre très étendu. Au début du XXe siècle, Einstein vient remettre en question le caractère ondulatoire de la lumière. La lumière serait-elle en fait constituée de particules, ce que certains physiciens comme Newton imaginaient dès le XVIIIe siècle ? Einstein appellera cette particule le **photon**. Pour interpréter de manière satisfaisante toutes les expériences de la physique, les physiciens du milieu du XXe siècle ont accepté le fait que la lumière peut être décrite par deux modèles : c'est la **dualité-onde-particule**.

Énergie d'un photon

L'énergie E_{photon} d'un photon associé à une radiation de fréquence υ (ou de longueur d'onde dans le vide λ) est égale à :

$$E_{photon} = h \cdot \upsilon = \frac{h \cdot c}{\lambda} \quad \begin{cases} h = 6{,}63 \times 10^{-34}\ \text{J·s est la constante de Planck} \\ \upsilon \quad \text{fréquence en hertz (Hz)} \\ \lambda \quad \text{longueur d'onde en mètre (m)} \end{cases}$$

Interaction lumière-matière

L'énergie d'un atome est quantifiée : elle ne peut prendre que certaines valeurs.
L'état d'énergie la plus basse est appelée l'**état fondamental**. Les niveaux d'énergie supérieure sont les **états excités** de l'atome.

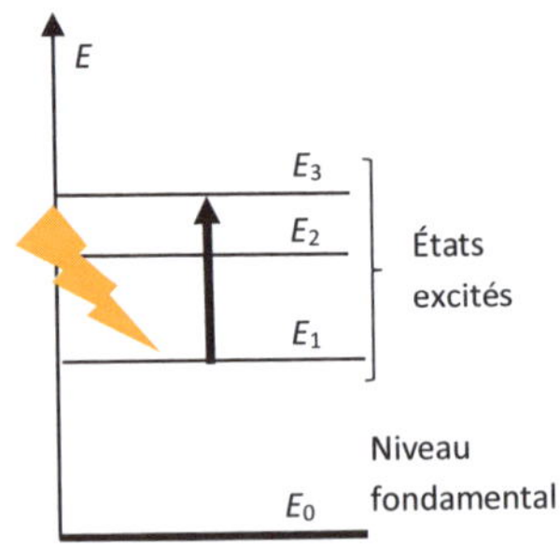

Absorption d'un photon d'énergie $\Delta E = E_3 - E_1 = h\upsilon$

Un atome peut **absorber un photon** si la différence $\Delta E = |E_f - E_i|$ entre deux niveaux de l'atome correspond exactement à l'énergie du photon :

$$\Delta E = |E_f - E_i| = E_{photon} = h \cdot \upsilon = \frac{h \cdot c}{\lambda}$$

Après avoir été excité par un échauffement ou une absorption de lumière, un atome peut revenir à un état d'énergie plus basse. Il peut **émettre un photon**.

$$\Delta E = |E_f - E_i| = E_{photon} = h \cdot \upsilon = \frac{h \cdot c}{\lambda}$$

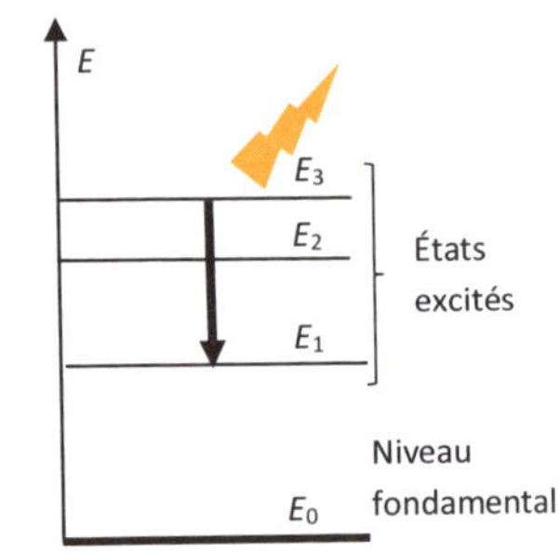

Émission d'un photon d'énergie $\Delta E = E_3 - E_1 = h\upsilon$

Vocabulaire

Photon : particule de lumière de masse nulle, se déplaçant à la vitesse de la lumière. Son énergie dépend de la fréquence de l'onde associée : un « photon ultraviolet » est plus énergétique qu'un « photon infrarouge ».

L'effet photoélectrique

Petite histoire de l'effet photoélectrique

L'**effet photoélectrique** correspond à l'émission d'électrons par un matériau soumis à l'action de la lumière. On distingue en général trois phénomènes :

- soit la lumière éjecte des électrons du matériau (émission photoélectrique),
- soit elle entraîne une modification de la conductivité du matériau (photoconductivité, effet photorésistif),
- soit on observe l'apparition d'une tension dans le matériau (effet photovoltaïque).

L'effet photoélectrique a été découvert par Heinrich Hertz en 1887 et expliqué par Albert Einstein en 1905 ce qui lui a valu le prix Nobel en 1921.

Explication du phénomène

Cet effet ne peut être expliqué de manière satisfaisante lorsque l'on considère que la lumière est une onde. L'augmentation de l'intensité lumineuse devrait fournir suffisamment d'énergie au matériau pour extraire les électrons. Or, l'expérience montre qu'il n'en n'est rien. Pour extraire les électrons, il faut augmenter la **fréquence υ de la lumière**.

Au début du XXe siècle, Einstein introduit la notion de photon, une particule de lumière possédant une énergie proportionnelle à la fréquence de l'onde correspondante. Lorsqu'un électron du matériau absorbe un photon et que l'énergie $E = h \cdot \upsilon$ de celui-ci est suffisante, l'électron est éjecté : celui-ci sort avec une énergie cinétique E_c égale à :

$$E_c = h \cdot \upsilon - W_0$$

où W_0 est le travail d'extraction.

Il y a donc une fréquence seuil υ_0 en dessous de laquelle l'extraction d'un électron n'est pas possible.

Comme la lumière est un flux de photons, plus l'intensité lumineuse de la lumière incidente est élevée, plus le nombre de photons heurtant la surface du métal est grand. Donc, le nombre d'électrons éjectés du métal sera lui aussi plus élevé.

Quand la fréquence de l'onde lumineuse est supérieure à υ_0, si l'intensité lumineuse augmente, alors l'intensité du courant d'électrons augmente.

Rendement d'une cellule photovoltaïque

La cellule photovoltaïque, utilisée pour les panneaux solaires, est constituée de matériaux **semi-conducteurs**. Elle transforme l'énergie lumineuse en énergie électrique. Le **rendement η** d'une cellule photovoltaïque est égale à :

$$\eta = \frac{P_{\text{électrique fournie}}}{P_{\text{lumineuse reçue}}}$$

Les puissances électrique et lumineuse sont en watt (W).
Le rendement est un rapport sans dimension.
Le rendement d'un panneau solaire est environ égal à 15 %.

Vocabulaire

Semi-conducteurs : corps solides dont la conductivité électrique se situe entre celle des métaux et celle des isolants.

Exercices

01 À la lumière des définitions

Trouvez les mots qui correspondent aux définitions suivantes.

1) Lentille située « en premier » dans une lunette astronomique.

2) Lentille destinée à mettre l'œil d'observation.

3) Expression traduisant le fait que la lumière peut être considérée comme une onde ou comme une particule.

4) Physicien allemand qui a laissé son nom à la constante *h*.

5) Père de la relativité qui a reçu le prix Nobel pour l'effet photoélectrique.

02 Un peu plus près des étoiles

En 1611, Kepler propose le principe de la lunette astronomique, avec des lentilles convergentes pour l'oculaire et l'objectif. Il améliore la lunette de Galilée, mais l'image est renversée. Kepler ne mettra cependant pas son idée en pratique, et il faudra attendre 1617 pour voir apparaître les premières lunettes astronomiques. On se propose de modéliser une lunette astronomique à l'aide de deux lentilles convergentes :

- une lentille L_1 de distance focale $f'_1 = 60$ cm ;
- une lentille L_2 de distance focale $f'_2 = 10$ cm.

1) Comment, dans ce système optique, nomme-t-on les lentilles L_1 et L_2 ?

On associe la lentille L_1 et la lentille L_2, pour simuler sur le banc d'optique une lunette astronomique utilisée pour observer un objet AB. On se place dans le cas où l'image intermédiaire A_1B_1 est située dans le plan focal objet de la lentille L_2. La distance entre les centres optiques des deux lentilles est fixée à 70 cm.

2) Complétez la figure page suivante en traçant :

- la lentille L_1 et son centre optique O_1,

- les foyers des deux lentilles L_1 et L_2,

- l'image intermédiaire A_1B_1 de hauteur 1 cm.

3) D'après la construction précédente, où se trouve l'objet AB ? Où se trouve l'image définitive A_2B_2 ?

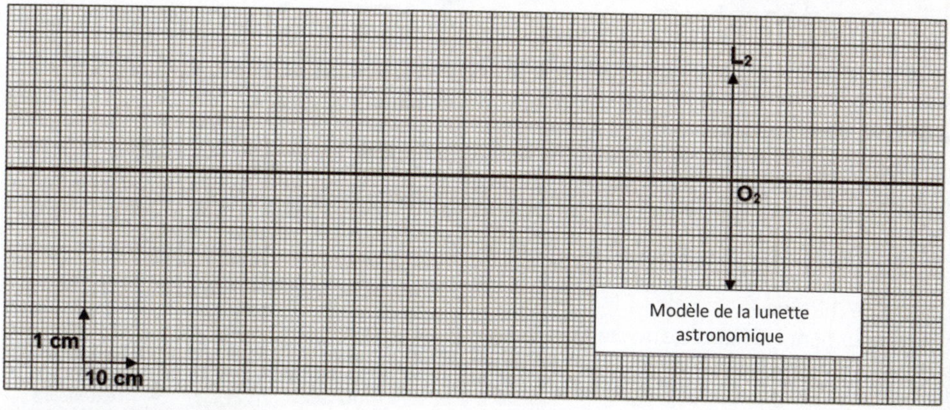

Une des caractéristiques de ce système optique est son grossissement défini par le rapport du diamètre apparent de l'image à celui de l'objet : $G = \frac{\alpha'}{\alpha}$.

4) **Définir le diamètre apparent α de l'objet et le diamètre apparent α' de l'image. Indiquez ces deux diamètres apparents sur la figure 2.**

5) **Exprimez G en fonction des distances focales des deux lentilles puis le calculer.**

03 La lumière à tous les étages

On a représenté ci-contre le diagramme énergétique de l'atome d'hydrogène.

Données

1 eV = $1{,}60 \times 10^{-19}$ J
$h = 6{,}63 \times 10^{-34}$ J·s
$c = 3{,}00 \times 10^{8}$ m·s^{-1}

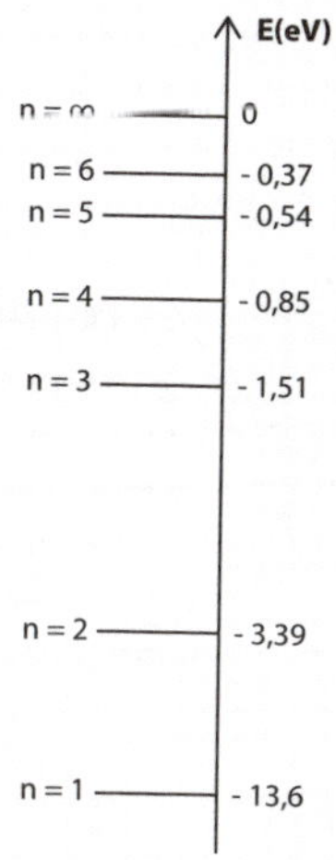

1) **Quelle est l'énergie du niveau fondamental ?**

2) **Quelle est l'énergie nécessaire pour ioniser l'atome d'hydrogène ?**

3) **On s'intéresse à la série de Balmer qui correspond à des transitions électroniques d'un niveau supérieur vers le niveau $n = 2$.**

a) Représentez, sur le diagramme ci-contre, les quatre premières transitions de la série de Balmer.

b) Calculez en nm la longueur d'onde associée à la transition électronique de l'atome d'hydrogène de $n = 6$ à $n = 2$.

4) **On désire analyser l'absorbance de solutions de chlorure nickel (II) à 412 nm. Une lampe à vapeur d'hydrogène est-elle utilisable comme source de lumière pour cette expérience ?**

Étudier la dynamique des systèmes électriques

Le condensateur

Le premier condensateur de l'Histoire

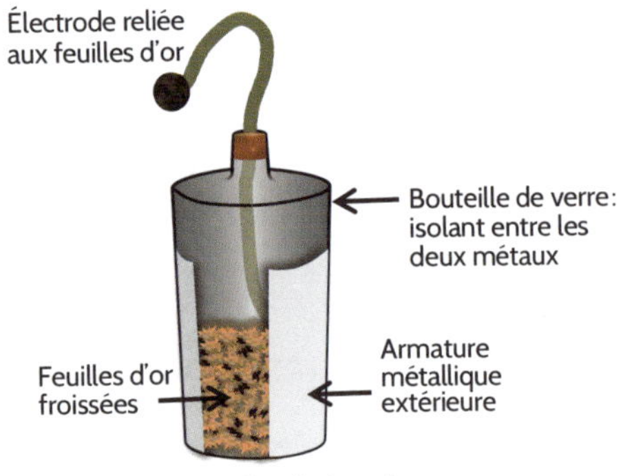

Bouteille de Leyde

En 1746, le physicien Jean-Antoine Nollet apprend que le physicien néerlandais Musschenbroek a inventé un objet capable de stocker de l'énergie électrique et de la restituer... mais violemment ! La bouteille de Leyde, du nom de la ville des Pays-Bas où elle fut créée, donne à celui qui la touche une violente décharge électrique. C'est le premier condensateur de l'histoire.

Nollet veut absolument étudier cette mystérieuse bouteille. Il la teste alors lui-même : « *Je ressentis*, dit-il, *jusque dans la poitrine et dans les entrailles une commotion qui me fit involontairement plier le corps et ouvrir la bouche, comme il arrive dans les accidents où la respiration est coupée* ».

L'expérience de Nollet est bientôt connue dans tout Paris. Tout le monde veut ressentir un choc électrique. Nollet a donc l'idée d'électriser un grand nombre de personnes à la fois. Le 14 mars 1746, au milieu de la galerie des Glaces du château de Versailles, des comtes, des marquises et des duchesses se donnent la main en formant une ronde. Au contact de la machine électrostatique de Nollet, tous ressentent l'électricité leur traverser le corps.

L'expérience rencontre un succès considérable et dépasse les frontières de la France. Dans toute l'Europe, on cherche absolument à se faire électriser. Pendant plusieurs années, la bouteille de Leyde devient l'attraction à la mode dans les salons.

L'influence électrostatique

Dans un condensateur comme la bouteille de Leyde, deux armatures de métal sont séparées par un isolant. En chargeant d'électricité l'électrode, l'intérieur de la bouteille accumule des charges électriques (par exemple négatives). Pour conserver la neutralité de l'objet, l'armature métallique extérieure accumule des charges électriques de signe contraire (donc positives). Le verre isolant empêche les charges électriques positives et négatives de se rejoindre.

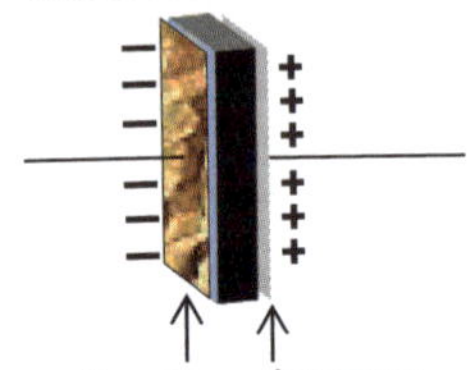

Influence électrostatique pour la bouteille de Leyde

Le condensateur moderne

Le condensateur est un composé électronique constitué de deux armatures métalliques conductrices en influence totale, séparées par un isolant. Son rôle est de pouvoir stocker des charges électriques opposées sur ses armatures. Un condensateur est caractérisé par sa **capacité *C*** mesurée en **farad (F)**. Son symbole est :

Le condensateur dans un circuit

L'intensité, un débit de charges

L'intensité du courant électrique est un débit de charge électrique (portée par les électrons) traversant une section de circuit. Mathématiquement, l'intensité est la dérivée de la charge par rapport au temps.

$$i(t) = \frac{dq(t)}{dt} \begin{cases} i(t) & \text{: intensité qui dépend du temps, en ampère (A)} \\ q(t) & \text{: charge électrique qui dépend du temps, en coulomb (C)} \\ t & \text{: temps en seconde (s)} \end{cases}$$

L'intensité est une grandeur algébrique, c'est-à-dire qu'elle peut être positive ou négative.

Lorsqu'on applique un courant électrique aux bornes d'un condensateur, il se charge. L'armature « côté courant » se charge positivement, l'autre armature se charge négativement par influence.

Dans la représentation ci-contre, la charge q augmente au cours du temps. L'intensité i étant la dérivée de q, elle est positive.

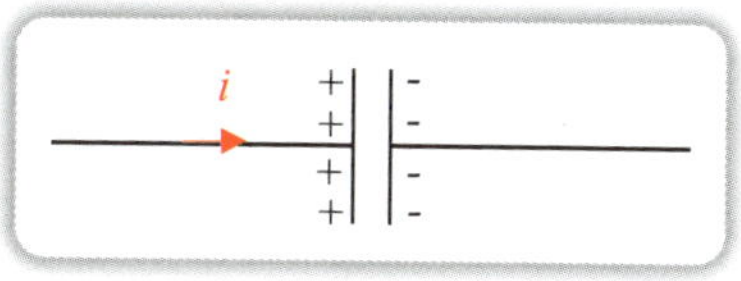

Tension aux bornes d'un condensateur

La charge électrique d'un condensateur est proportionnelle à la tension à ses bornes.

$$q = C \times u_C \begin{cases} q & \text{: charge en coulomb (C)} \\ u_C & \text{: tension en volt (V)} \\ C & \text{: capacité en farad (F)} \end{cases}$$

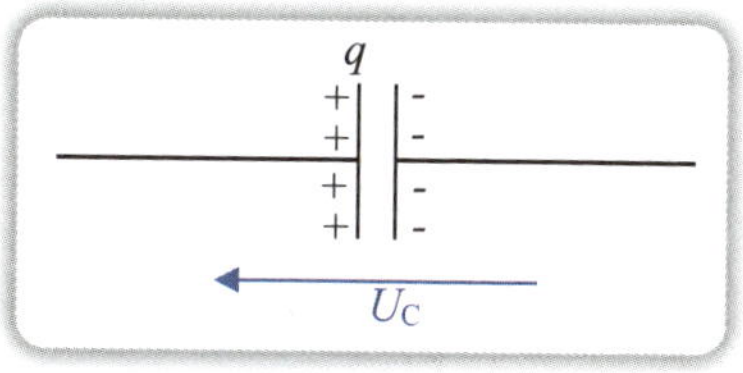

Lien entre l'intensité et la tension aux bornes d'un condensateur

Quand on exploite les deux formules précédentes, on établit un lien entre l'intensité et la tension :

$$i(t) = \frac{dq(t)}{dt} = \frac{d\,(C \times u_C(t))}{dt} = C\,\frac{du_C(t)}{dt}$$

Ordres de grandeur des capacités usuelles

Le farad est une grande unité qui nécessite le recours à des sous-multiples.

- Les condensateurs mica (minéraux de sulfate d'aluminium) : de quelques pF à quelques nF.
- Les condensateurs céramiques sont très utilisés dans l'électronique moderne : de 1 nF à 1 µF.
- Les condensateurs à film utilisent une couche de plastique mince comme isolant : de 1nF à 30 µF.
- Les condensateurs électrolytiques (solide ou liquide) sont polarisés : de 0,1 µF à 47 mF.

Smartphone et capteur capacitif

La mesure de capacité est au cœur du fonctionnement des écrans tactiles. Ces derniers sont constitués d'une grille conductrice entourée par deux plaques de verres. Cette grille conductrice constitue la première armature d'un condensateur ; le doigt de l'utilisateur constitue la seconde armature. Lorsque le doigt touche l'écran, le transfert des charges électriques du doigt vers l'écran modifie localement le champ électrique. La détection de ces variations permet de localiser la zone de contact entre le doigt et l'écran.

Le circuit RC (1re partie)

Source idéale et source réelle de tension

Les **sources idéales de tension** fournissent une tension constante quelle que soit l'intensité délivrée. Pour les **sources réelles**, la tension à ses bornes diminue quand l'intensité du courant augmente dans le circuit. De plus, on observe un échauffement dû à l'effet Joule. Pour tenir compte de la baisse de la tension et de l'effet Joule, une source réelle de tension est modélisée par l'association en série d'une **source idéale de tension** et d'une résistance appelée **résistance interne**.

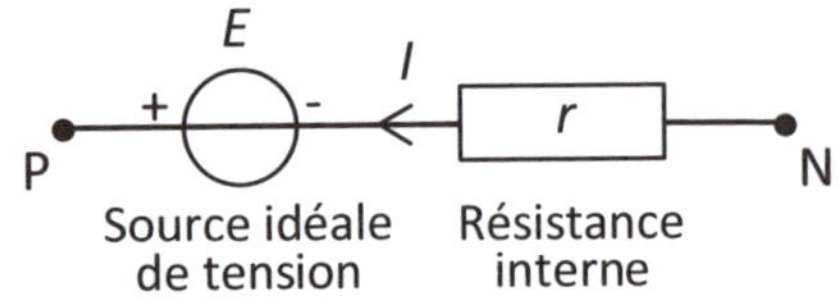

$$U_{PN} = E - rI$$

Circuit RC

On associe en série :
- une source idéale de tension E,
- un conducteur ohmique de résistance R,
- un condensateur de capacité C.

On s'intéresse à l'évolution de la tension u_C aux bornes du condensateur quand on lui applique une tension constante E (appelé également un échelon de tension).

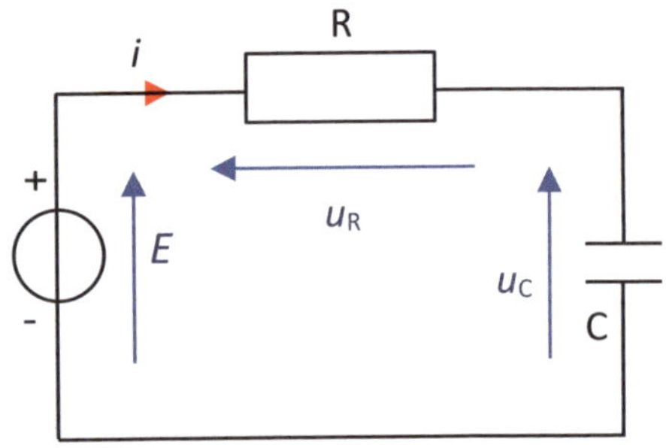

Les lois du circuit

- Dans ce circuit en série, l'intensité est la même dans les trois dipôles.
- Dans ce circuit en série, la loi d'additivité des tensions (ou loi des mailles) nous permet d'écrire :

$$E = u_R + u_C$$

La loi d'Ohm nous donne $u_R = R \times i$ et l'étude précédente nous donne $i(t) = C\frac{dUc}{dt}$. Ainsi,

$$E = R \times C\frac{du_C(t)}{dt} + u_C(t)$$

Mathématiquement, la dernière équation est une **équation différentielle linéaire** du premier ordre à coefficients constants avec un second membre constant.

Vocabulaire

Équation différentielle linéaire d'ordre 1 : équation qui relie une fonction et sa dérivée. Elle est de la forme $ay' + by = c$. Elle est à coefficients constants quand a et b sont constants. Le second membre est constant quand c est constant.

Le circuit RC (2e partie)

Résoudre une équation différentielle linéaire du premier ordre

La solution générale d'une telle équation est l'addition de :
1re étape : la solution générale de l'équation homogène, c'est-à-dire sans second membre ;
2e étape : une solution particulière de l'équation complète.

1re étape

$$RC\frac{du_C(t)}{dt} + u_C(t) = 0$$

On pose $\tau = RC$ qui est homogène à un temps.

$$\tau\frac{du_C(t)}{dt} + u_C(t) = 0$$

La solution est $u_C = A\exp(-\frac{t}{\tau})$.

2e étape

On constate que $u_C = E$ est une solution cherchée.

La solution générale est donc $u_C = A\exp(-\frac{t}{\tau}) + E$.

La partie « mathématique » est finie. La physique nous demande de nous occuper de la condition initiale. On suppose qu'à l'instant $t = 0$, le condensateur est déchargé et donc $u_C(0) = 0$ V.

En injectant cette condition initiale dans la solution générale, $A\exp(-\frac{0}{\tau}) + E = 0$, c'est-à-dire $A + E = 0$ et donc $A = -E$. La solution générale, avec prise en compte de la condition initiale :

$$\boxed{u_C = E\left(1 - \exp(-\frac{t}{\tau})\right)}$$

Évolution de la tension u_C lors de la charge du condensateur

À $t = 0$, $u_C = 0$ V.
À $t = \tau$, $u_C = 0{,}63 \times E$.
À $t = 5\tau$, $u_C = 0{,}99 \times E$ et le condensateur est pratiquement chargé.
La droite $u_C = E$ est une asymptote pour la courbe.

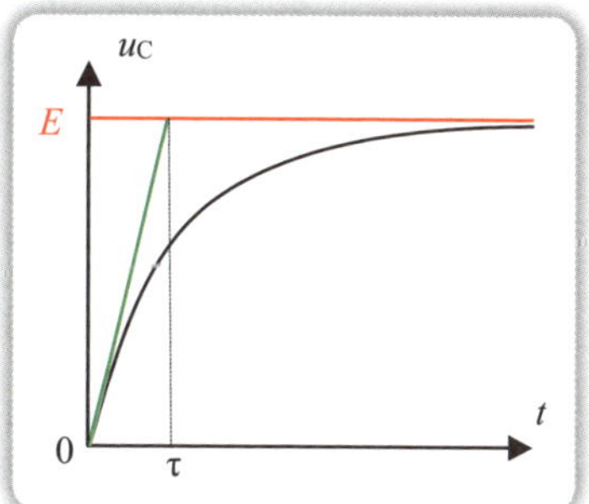

Évolution de l'intensité i lors de la charge du condensateur

Un courant s'installe immédiatement à $t = 0$ et ne fait que décroître au cours du temps selon une exponentielle décroissante. Le courant cesse de circuler quand le condensateur est complètement chargé.

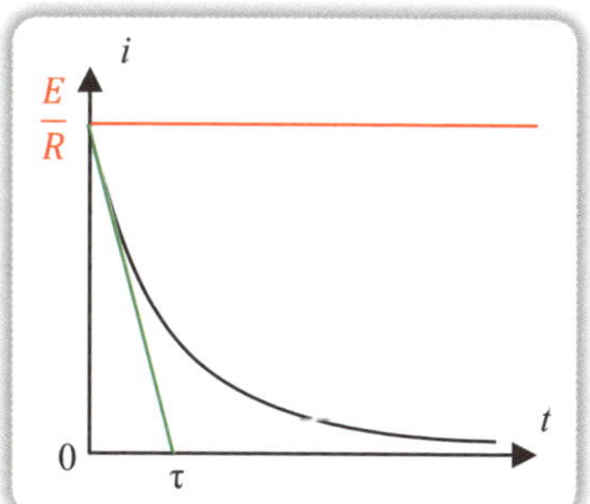

Exercices

01 Chargez !

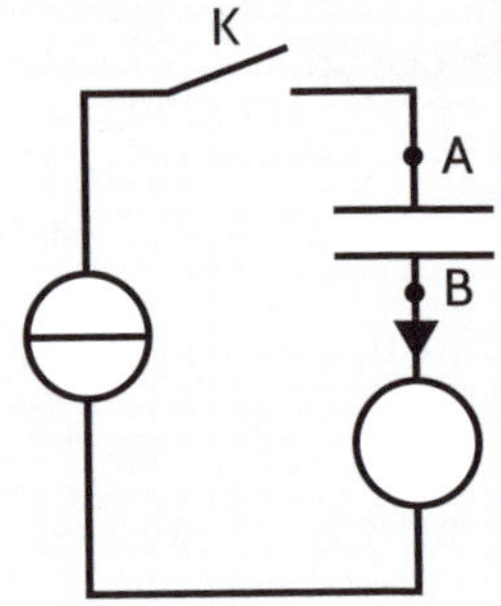

On réalise le circuit ci-contre constitué d'un générateur de courant (générateur fournissant une intensité constante), d'un condensateur, d'un ampèremètre, et d'un interrupteur. Le condensateur est préalablement déchargé, et à la date $t = 0$ s, on ferme l'interrupteur K. L'ampèremètre indique alors une valeur constante pour l'intensité $I = 12\ \mu A$.

Un ordinateur muni d'une interface (non représenté) relève, à intervalles de temps réguliers, la tension u_{AB} aux bornes du condensateur. Les résultats sont les suivants :

t (s)	0	0,5	1,0	1,5	2,0	2,5	3,0	3,5	4,0
u_{AB} (V)	0,00	1,32	2,64	4,00	5,35	6,70	7,98	9,20	10,6

1) Rappelez la relation entre la charge q du condensateur et l'intensité I.

2) Par intégration, $q = I \times t$. Calculez la charge q à $t = 3$ s.

3) La courbe ci-contre représente la charge q du condensateur en fonction de u_{AB}. Déterminez à partir de cette dernière, par une méthode que l'on explicitera, la valeur de la capacité C du condensateur.

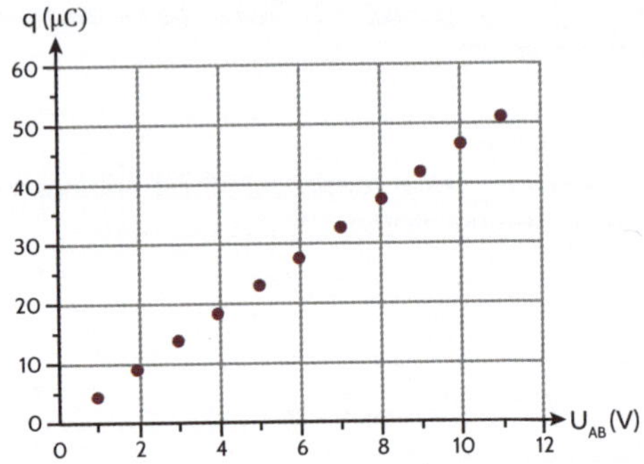

4) La valeur indiquée par le constructeur est $C = 4{,}7\ \mu F$ à 10 % près. La valeur obtenue est-elle en accord avec la tolérance du constructeur ?

02 Des hauts et des bas...

On étudie maintenant la charge et la décharge d'un condensateur à travers un conducteur ohmique. Pour cela, on réalise le montage ci-contre.

Le condensateur est initialement déchargé, et à la date $t = 0$ s, on bascule l'interrupteur en position 1.

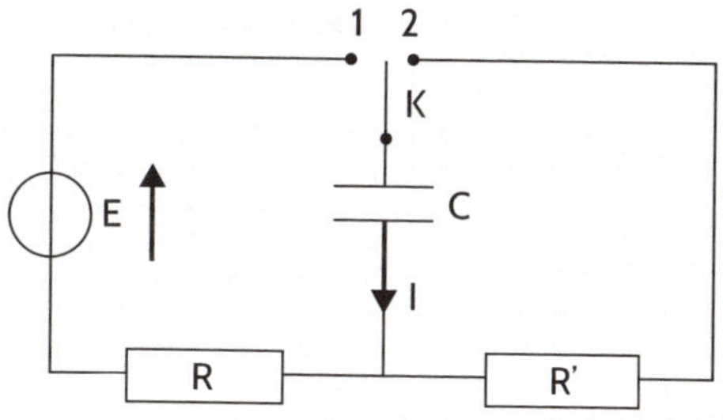

Données
- $R = 2{,}2\ k\Omega$
- $C = 4{,}7\ \mu F$
- $R' = 10\ k\Omega$

1) **Établir l'équation différentielle** $RC\frac{du_C(t)}{dt} + u_C(t) = E$ **vérifié par la tension u_C aux bornes du condensateur pendant la phase de charge.**

2) **La solution de cette équation est de la forme : $u_C = A(1 - e^{-\alpha.t})$, compte tenu de la condition initiale relative à la charge du condensateur. En vérifiant que cette expression est solution de l'équation différentielle, identifiez A et α en fonction de E, R, C.**

3) **Calculez la constante de temps RC :**

On bascule l'interrupteur en position 2.

4) **Établissez la nouvelle équation différentielle :**

5) **Résolvez cette équation en sachant qu'au nouvel instant initial, le condensateur est chargé et $u_c = E$.**

6) **Calculez la nouvelle constante de temps $R'C$:**

7) **Le condensateur met-il plus de temps pour se charger ou pour se décharger ?**

Bilan

Des phénomènes pour décrire les ondes

La diffraction → $\theta = \frac{\ell}{2D} = \frac{\lambda}{a}$

Les interférences → $i = \frac{\lambda \cdot D}{b}$

L'effet Doppler → Si une source se rapproche, $f_R = f_E \cdot \frac{v}{v - v_E}$
Si une source s'éloigne, $f_R = f_E \cdot \frac{v}{v + v_E}$

Pour les ondes sonores

Niveau de décibel $L = 10 \times \log(\frac{I}{I_0})$

La lumière, onde mais aussi particule ?

Énergie d'un photon $E = h \cdot \upsilon$

Transition entre deux niveaux d'énergie
$\Delta E = |E_f - E_i| = E_{photon} = h \cdot \upsilon = \frac{h \cdot c}{\lambda}$

Effet photoélectrique $E_c = h \cdot \upsilon - W_0$

Rendement d'une cellule photovoltaïque
$\eta = \frac{P_{\text{électrique fournie}}}{P_{\text{lumineuse reçue}}}$

Le circuit RC

Une équation différentielle pour la charge d'un condensateur → $E = R \times C \frac{du_C(t)}{dt} + u_C(t)$

La solution pour cette équation différentielle → $u_C = E(1 - \exp(-\frac{t}{\tau}))$

Corrigés

Corrigés

Constitution et transformations

Déterminer la composition d'un système par des méthodes physiques et chimiques

QCM .... p. 10

1) a • 2) a, d et g • 3) a, c et e • 4) b • 5) a et c • 6) a

Mon alter ego .... p. 11

Acide	Base
H_2O	HO^-
NH_4^+	NH_3
H_3O^+	H_2O
CH_3COOH	CH_3COO^-
HCO_2H	HCO_2^-
$C_6H_5NH_3^+$	$C_6H_5NH_2$

Un titrage survitaminé ! .... p. 13

1) $C_6H_8O_6\,(aq) + HO^-\,(aq) \rightarrow C_6H_7O_6^-\,(aq) + H_2O$

2) Par lecture graphique, le volume équivalent est $V_E = 7$ mL.

3) D'après la formule

$$C_A = \frac{C_B \times V_E}{V_A} = \frac{8{,}00 \times 10^{-2} \times 7{,}0 \times 10^{-3}}{10 \times 10^{-3}} = 0{,}056 \text{ mol·L}^{-1}$$

4) La quantité de matière d'acide ascorbique dans S_0 est égale à $n_0 = C_A \times V_0 = 0{,}056 \times 100 \times 10^{-3} = 0{,}0056$ mol.

5) La masse d'acide ascorbique dans un comprimé est égale à : $m_0 = n_0 \times M(C_6H_8O_6) = 0{,}0056 \times 176 = 0{,}99$ g.

6) On attendait 1 g. Le résultat trouvé est satisfaisant. L'écart relatif est égal à : (1 - 0,99) / 1 = 1 %.

Modéliser l'évolution temporelle d'un système, siège d'une transformation

QCM .... p. 19

1) a et d • 2) c • 3) b • 4) a et b • 5) d et e • 6) a • 7) a, b et c

Pause-café .... p. 20

1) $CaCO_3 + 2\,C_3H_6O_3 + \rightarrow CO_2 + Ca^{2+} + 2\,C_3H_5 + H_2O$.

2) D'après le coefficient stœchiométrique égal à 1 devant la molécule de CO_2, on a $n(CO_2) = x$.

3)

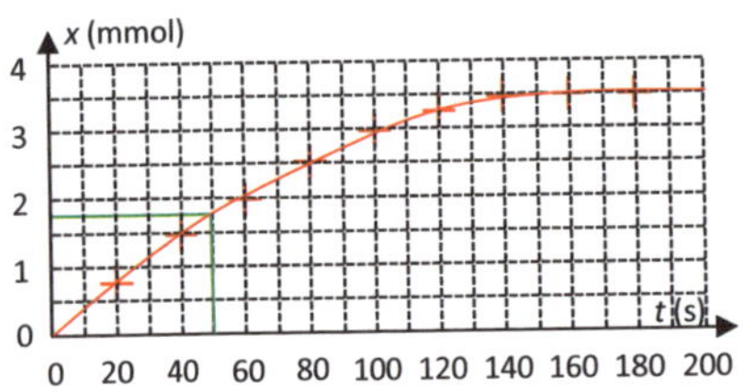

4) Si 4 moles de dioxyde de carbone se sont formées, alors 4 moles de carbonate de calcium ont disparu. La masse de carbonate de calcium est égale à $m(CaCO_3) = 4 \times M(CaCO_3) = 400$ g. Par lecture graphique, il faut une durée $\tau = 150$ s. pour se débarasser du tartre.

5) Graphiquement, le temps de demi-réaction est égal à 50 s.

6) Un détartrant plus concentré augmenterait la vitesse de réaction.

Une pente glissante ... . p. 20

1) Il y a 3 actes élémentaires.

2)

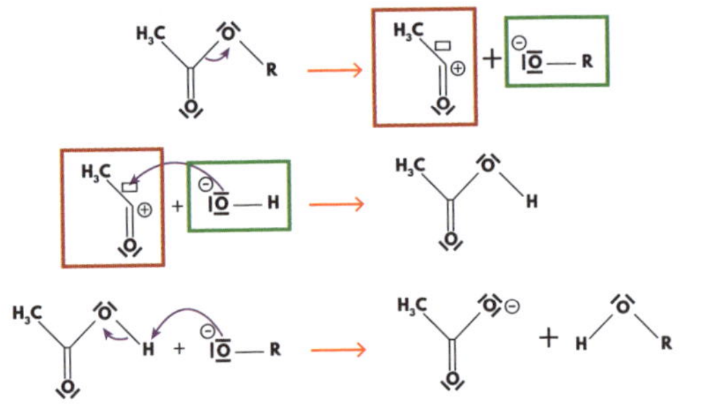

3) Le petit rectangle représente une lacune électronique. Le carbone ne partage que trois liaisons et possède une charge partielle positive.

Irradié des listes .... p. 21

a) ${}^{13}_{8}O \rightarrow {}^{13}_{7}N + {}^{0}_{+1}\beta + {}^{0}_{0}\upsilon$: radioactivité β^+.

b) ${}^{14}_{6}C \rightarrow {}^{14}_{7}N + {}^{0}_{-1}\beta + {}^{0}_{0}\bar{\upsilon}$: radioactivité β^-.

c) ${}^{210}_{84}Po \rightarrow {}^{206}_{82}Pb + {}^{4}_{2}He$: radioactivité α.

d) ${}^{222}_{86}Rn \rightarrow {}^{218}_{84}Po + {}^{4}_{2}He$: radioactivité α.

e) ${}^{11}_{6}C \rightarrow {}^{11}_{5}N + {}^{0}_{+1}\beta + {}^{0}_{0}\upsilon$: radioactivité β^+.

f) ${}^{1}_{0}n \rightarrow {}^{1}_{0}p + {}^{0}_{-1}\beta + {}^{0}_{0}\bar{\upsilon}$: radioactivité β^-.

${}^{1}_{0}p$ est le symbole du proton.

Vieux comme Mathusalem .... p. 21

1) L'activité divisée par 2 correspond à une période comprise entre 5 000 et 6 000 ans.

2) ${}^{14}_{6}C \rightarrow {}^{14}_{7}N + {}^{0}_{-1}e$

3) L'activité s'exprime en désintégration par seconde et non en désintégration par minute.

4) Avec une activité de 1,5 désintégration par minute, on peut estimer l'âge de l'objet trouvé à Lascaux à 18 000 ans.

Prévoir l'état final d'un système, siège d'une transformation chimique

QCM .... p. 26

1) b • 2) a, b et c • 3) a et c • 4) c et d • 5) b

On a la banane ! .... p. 27

1) Calculs de quantité de matière :

Acide éthanoïque : $m = \rho \times V = 1{,}05 \times 58{,}0 = 60{,}9$ g

$$n = \frac{m}{M} = \frac{60{,}9}{60{,}1} = 1{,}01 \text{ mol.}$$

Butan-1-ol : $m = \rho \times V = 0{,}81 \times 92{,}0 = 74{,}5$ g

$$n = \frac{m}{M} = \frac{74{,}5}{74{,}1} = 1{,}01 \text{ mol.}$$

Les 2 réactifs sont en proportion stœchiométrique.
Le volume du mélange réactionnel est égal à 58,0 + 92,0 = 150 mL = 0,150 L.

2)

	Acide éthanoïque	Butan-1-ol	Ester	Eau
À l'instant initial	1,01 mol	1,01 mol	0	
À t = 30 min	0,248 mol	0,248 mol	1,01 − 0,248 = 0,762 mol	
	$\frac{0{,}248}{0{,}15}$ = 1,65 mol·L⁻¹	$\frac{0{,}248}{0{,}15}$ = 1,65 mol·L⁻¹	$\frac{0{,}762}{0{,}15}$ = 5,08 mol·L⁻¹	

Le quotient de réaction est égal à $Qr = \frac{5{,}08}{1{,}65 \times 1{,}65} = 1{,}86$. Il est inférieur à la constante d'équilibre K = 4. Le système n'est pas à l'équilibre, il va encore évoluer dans le sens direct.

3) À l'équilibre, le quotient de réaction est égal à la constante d'équilibre. La quantité de matière d'ester formé est égale à l'avancement x. Ainsi,

$$K = 0{,}150 \times \frac{x}{(1{,}01 - x)^2}$$

La résolution de cette équation du second degré donne x = 0,833 mol.

Le rendement est égal à $\frac{0{,}833}{1{,}01}$ = 82 %.

4) **a)** La réaction s'effectue en chauffant et on réalise une trempe (un refroidissement brutal) pour le dosage. Le facteur cinétique est la température. • **b)** Éliminer un produit au cours de sa formation, c'est diminuer sa concentration. Donc, puisque K est un quotient constant, diminuer le numérateur revient à ce que le système chimique diminue le dénominateur : les réactifs ont donc tendance à diminuer, c'est-à-dire à se transformer. L'équilibre est déplacé vers la gauche. L'idée est la même quand on met un réactif en excès : plus de produit se forme car K est, et doit rester, une constante.

Tout pile ! .... p. 27

1) La quantité de dihydrogène formé $n(H_2)$ est égale à :

$$n(H_2) = \frac{m}{M} = \frac{2{,}5 \times 10^3}{2 \times 1{,}00} = 1{,}3 \times 10^3 \text{ mol}$$

2) D'après les coefficients stœchiométriques de l'équation $H_2(g) = 2\,H^+(aq) + 2\,e^-$ alors, $n(e^-) = 2 \times n(H_2) = 2{,}5 \times 10^3$ mol.

3) La quantité d'électricité qui transite dans cette pile est égale à : $Q = 2{,}5 \times 10^3 \times 9{,}65 \times 10^4 = 2{,}4 \times 10^8$ C.

L'intensité est égale à $I = \frac{Q}{\Delta t} = \frac{2{,}4 \times 10^8}{6 \times 3600 + 40 \times 60} = 1{,}0 \times 10^4$ A.

Élaborer des stratégies en synthèse organique

Du nom à la formule .... p. 32

1) 3-méthylbutan-2-ol (alcool)

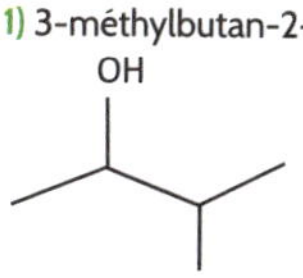

3) Acide 2-méthylpentanoïque (acide carboxylique)

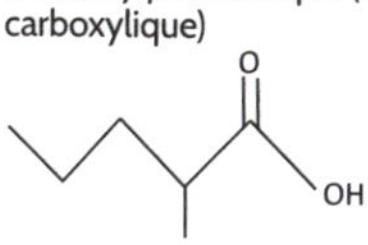

2) 2,4 diméthylhexan-3-one (cétone)

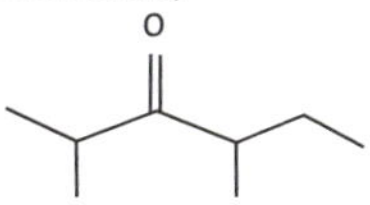

4) 3-méthylpentanal (aldéhyde)

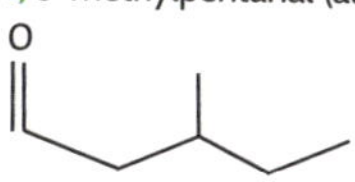

5) Butanoate de propyle (ester)

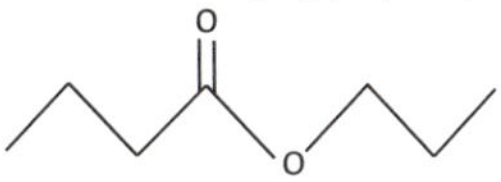

7) Butan-2-amine (amine)

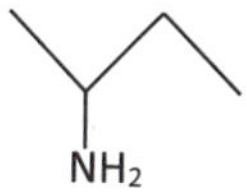

6) N-méthyl-2-méthylbutanamide (amide)

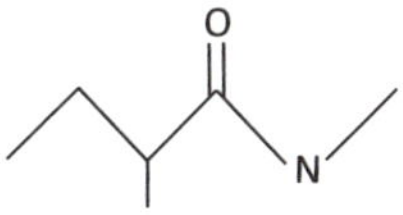

8) 2-chloro-2-méthylbutane (halogénoalcane)

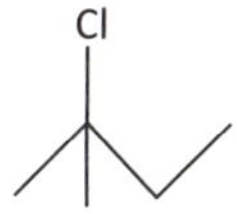

De la formule au nom .... p. 32

1) 2-méthylpentan-2-one

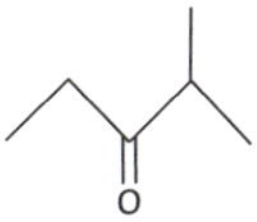

4) N-méthyléthanamide

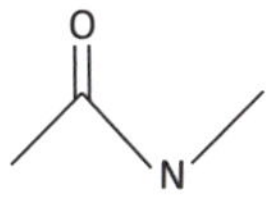

2) Propanoate de méthyle

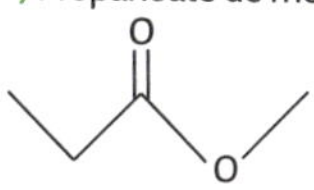

6) 2-chlorobutane

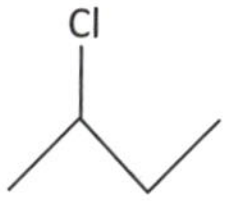

3) N-méthyl-2-méthylpropan-1-amine

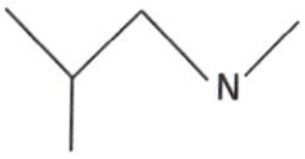

Isomères, un nouvel espoir ! .... p. 32

Propanoate de méthyle

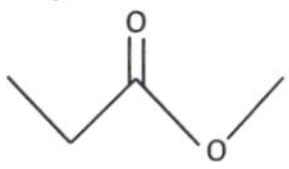

Méthanoate de propyle

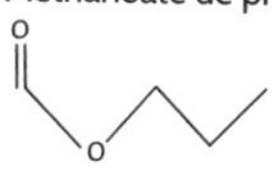

Éthanoate d'éthyle

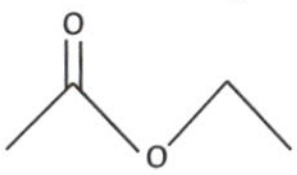

Méthanoate de méthyléthyle

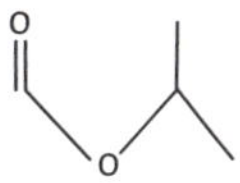

Les isomères contre-attaquent .... p. 32

Butan-1-amine

Butan-2-amine

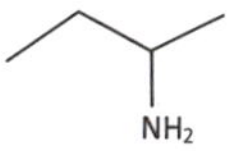

Le retour des isomères .... p. 32

1) Butanamide

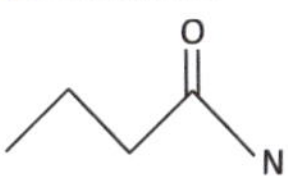

3) N-méthylpropanamide

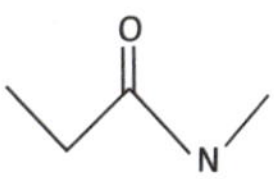

5) N-éthyl-N méthylméthanamide

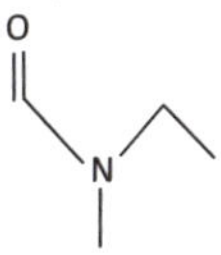

2) Méthylpropanamide

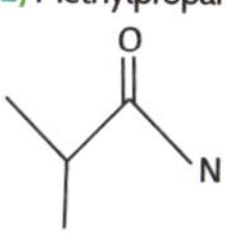

4) N,N diméthyléthanamide

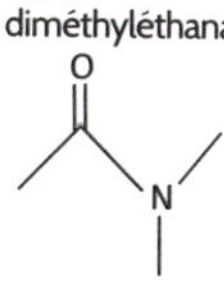

6) N-propylméthanamide

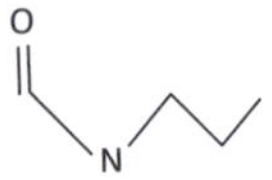

7) N-isopropylméthanamide

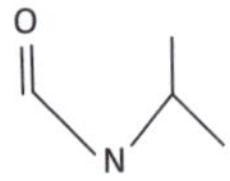

Passer à l'orange ... p. 33

1) Deux groupements (-OH et -Cl) s'attaquent à une double liaison : c'est une addition.
2) L'ampoule à décanter contient deux phases : une phase organique contenant la R-carvone et une phase aqueuse. La masse volumique de la R-carvone (0,96 g·mL^{-1}) est inférieure à celle de l'eau (1 g.mL^{-1}). La R-carvone se trouve sur l'eau.
Phase 1 : R-carvone • **Phase 2 :** Eau
3) La quantité de matière de R-carvone est égale à :

$$n = \frac{m}{M} = \frac{13}{150{,}0} = 0{,}087 \text{ mol}.$$

Le rendement de la synthèse étant de 30 %, il faut : 0,087 / 0,03 = 0,29 mol de R-limonène.

4) Le volume de R-limonène est égal à $V = \frac{M \cdot n}{\rho} = \frac{136 \times 0{,}29}{0{,}84} = 47$ mL.

Une orange permet de recueillir 3/6 = 0,5 mL.
Pour obtenir, 47 mL de limonène, il faudra 47/0,5 = 94 oranges.

Mouvement et interactions

Décrire un mouvement

QCM p. 40

1) b et d • 2) b, d, f, g et h

Tombé du ciel p. 40

1) **Phase 1 :** Le parachutiste accélère pour arriver à une vitesse limite.
Phase 2 : La vitesse est constante. Les forces de frottements équilibrent le poids. En vertu de la 1re loi de Newton, le mouvement est rectiligne uniforme.
Phase 3 : Le parachute s'ouvre. La vitesse chute brutalement pour devenir à nouveau constante.

2)

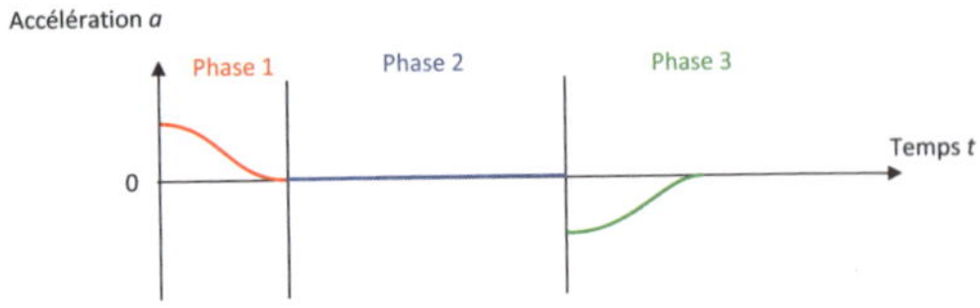

Si j'avais un marteau p. 41

1) Le mouvement est circulaire donc la direction du vecteur vitesse change à chaque instant. Comme $\vec{a} = \frac{d\vec{v}}{dt}$, $\vec{a}$ n'est pas nulle.

2) Si le mouvement est accéléré, les vecteurs vitesse et accélération vont dans le « même sens », autrement dit le produit scalaire $\vec{v} \cdot \vec{a}$ est positif. Cette situation correspond au schéma 3.
Le schéma 1 correspond à un mouvement circulaire uniforme, le schéma 2 correspond à un mouvement circulaire décéléré.
Le schéma 4 n'a aucun sens : il faut que l'accélération soit centripète, c'est-à-dire que le vecteur accélération pointe vers le centre du cercle.

Relier les actions appliquées à un système à son mouvement

Référentiel p. 46

1) terrestre • 2) géocentrique • 3) héliocentrique • 4) terrestre

Kepler vs Newton p. 46

1) c • 2) a • 3) f • 4) b • 5) d • 6) e.

Droit au but p. 47

1)

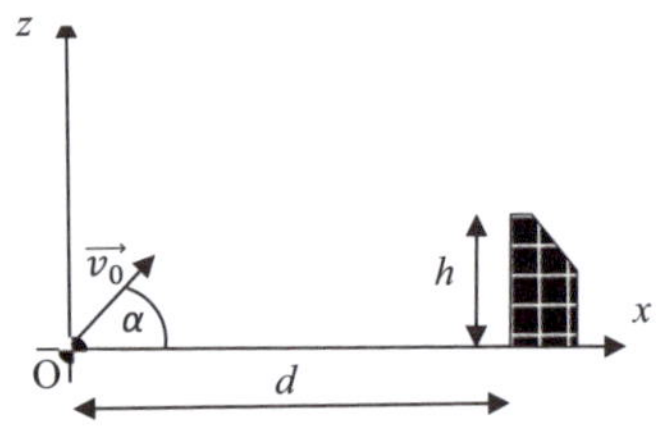

2) Pour que le penalty soit réussi, il faut que $0 < z_A < h$ pour $x_A = d$.
3) Les forces subies par le ballon sont :
- son poids $m\vec{g}$,
- les forces de frottements de l'air que l'on peut négliger.
En appliquant la relation fondamentale de la dynamique, $m\vec{a} = m\vec{g}$ et en éliminant m, on obtient $\vec{a} = \vec{g}$. En projetant sur les axes :
$a_x = 0$, $a_z = -g$
4) En intégrant et en tenant compte des conditions initiales,
$v_x = v_0 \cdot \cos\alpha$
$v_z = -gt + v_0 \cdot \sin\alpha$
En intégrant une deuxième fois et en tenant compte des conditions initiales,
$x = v_0 \cdot \cos\alpha \cdot t$
$z = -\frac{1}{2}gt^2 + v_0 \cdot \sin\alpha \cdot t$
En éliminant le temps dans ces équations,

$$y = -\frac{1}{2}g\left(\frac{x}{v_0 \cdot \cos\alpha}\right)^2 + \tan\alpha \cdot x$$

5) Remplaçons par les valeurs :

$-\frac{1}{2}9{,}81\left(\frac{11{,}0}{11{,}5 \times \cos 55}\right)^2 + \tan 55 \times 11{,}0 = 2{,}1$ m. Cette hauteur est inférieure à 2,44 m. Le penalty est donc réussi.

Modéliser l'écoulement d'un fluide

À la croisée des chemins p. 52

					2				
		1			D				
		B			E		3		
		E			B		V		
4	A	R	C	H	I	M	E	D	E
		N			T		N		
		O					T		
		U					U		
		L					R		
		L					I		
		I							

Prompt rétablissement p. 52

1) La masse volumique ρ d'un liquide est égale à : $\rho = \dfrac{m}{V}$
où m est la masse du liquide et V son volume.
ρ est en kilogramme par mètre cube (kg·m^{-3}),
m en kilogramme (kg),
V en mètre cube (m^3).

2) On applique la loi fondamentale de la statique des fluides :

$$\Delta z = \frac{\Delta P}{\rho \times g} = \frac{(1{,}086 - 1{,}013) \times 10^5}{1060 \times 10} = 0{,}70 \text{ m} = 70 \text{ cm}.$$

3) Une goutte a un volume de 1/20 = 0,05 mL donc 48 gouttes occupent un volume de 2,4 mL. Le débit volumique est donc égale à 2,4/60 = 0,04 mL·s^{-1} = 0,04 × 10^{-6} m^3·s^{-1}.

4) La durée Δt pour vider la perfusion est égale à :

$$\Delta t = \frac{V}{D} = \frac{300}{0{,}04} = 7500 \text{ s}$$

Ce résultat est légèrement supérieur à 2 heures (7 200 s), l'estimation est tout à fait correcte.

Ça turbine p. 53

1) Appliquons la relation de Bernoulli entre les points A et C :

$$\frac{v_A^2}{2} + g \cdot z_A + \frac{p_A}{\rho} = \frac{v_C^2}{2} + g \cdot z_C + \frac{p_C}{\rho}.$$

On considère que la vitesse est nulle au point A :

$$\frac{v_C^2}{2} = g \cdot (z_A - z_C) + \frac{(p_A \ \ p_C)}{\rho}.$$

$$\frac{v_C^2}{2} = 9{,}81 \cdot (363 \ -353) + \frac{(1{,}01 - 1{,}1) \times 10^5}{1000}.$$

Donc v_C = 13,3 m·s^{-1}.

2) Le débit volumique est égal à :
$q_v = S \times v_C = (\pi \times 0{,}35^2) \times 13{,}3 = 5{,}14$ m^3·s^{-1}.

3) En raison de l'équation de continuité, $v_B \cdot S_B = v_c \cdot S_c$. La conduite d'alimentation a un diamètre constant, ainsi $S_B = S_c$ et donc $v_B = v_c$.

4) Appliquons la relation de Bernoulli entre les points A et B :

$$\frac{v_A^2}{2} + g \cdot z_A + \frac{p_A}{\rho} = \frac{v_B^2}{2} + g \cdot z_B + \frac{p_B}{\rho}$$

$$\frac{p_B}{\rho} = g \cdot (z_A - z_B) + \frac{p_A}{\rho} - \frac{v_B^2}{2}$$

$$\frac{p_B}{\rho} = 9{,}81 \cdot (363 - 361) + \frac{1{,}01 \times 100\,000}{1000} - \frac{13{,}3^2}{2}$$

Donc p_B = 0,315 × 10^5 Pa = 0,315 bar.

L'énergie : conversions et transferts

Décrire un système thermodynamique : exemple du modèle du gaz parfait

QCM .... p. 58

1) a, b, c et d • 2) a et b • 3) a, c et d • 4) a, e et i

Trois transformations .... p. 58

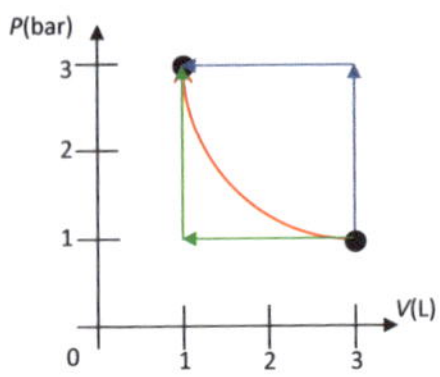

• La 1re transformation (la bleue) est isochore (volume constant) puis isobare (pression constante).
• La 2e transformation (la verte) est isobare (pression constante) puis isochore (volume constant).
• La 3e transformation (la rouge) est isotherme PV = constante. C'est une hyperbole dans le diagramme (V, P) de Clapeyron.

Ça roule ! .... p. 59

1) $T(\text{K}) = \theta(°\text{C}) + 273{,}15 = 20{,}0 + 273{,}15 = 293{,}15$ K.
$P = 2{,}10$ bar $= 2{,}10 \times 10^5$ Pa.
$V = 30{,}0$ L $= 30{,}0 \times 10^{-3}$ m^3.

2) En appliquant l'équation d'état des gaz parfaits,

$$n = \frac{pV}{RT} = \frac{2{,}10 \times 10^5 \times 30{,}0 \times 10^{-3}}{8{,}314 \times 293{,}15} = 2{,}58 \text{ mol}.$$

Ainsi, la masse est égale à $m = n \times M = 2{,}58 \times 29 = 75{,}0$ g d'air.

3) La transformation est à volume constant. Le rapport $\frac{P}{T}$ ou $\frac{T}{P}$ est constant. Ainsi, $\frac{T_2}{P_2} = \frac{T_1}{P_1}$ et

$$T_2 = \frac{T_1}{P_1} \times P_2 = \frac{293{,}15}{2{,}10} \times 2{,}30 = 321 \text{ K} = 47{,}9 \text{ °C}.$$

4) La transformation est isochore.

Tu es ma bouteille d'oxygène .... p. 59

1) À température constante, on applique la loi de Boyle-Mariotte, $p_1 \cdot V_1 = p_2 \cdot V_2$.
On suppose que la pression atmosphérique est égale à 1 bar. Ainsi,

$$V_2 = \frac{p_1}{p_2} \times V_1 = \frac{15}{1} \times 60 = 900 \text{ L}.$$

2) La transformation est isotherme.

Ça va faire un tube .... p. 59

Le volume du tube néon est égal à $V = L \times s = 1 \times 80 \times 10^{-6} = 8{,}0 \times 10^{-5}$ m^3. La quantité de matière de néon est égale à $n = m/M = (648 \times 10^{-6})/20{,}2 = 3{,}21 \times 10^{-5}$ mol. D'après l'équation des gaz parfaits,

$$p = \frac{n \cdot R \cdot T}{V} = \frac{3{,}21 \times 10^{-5} \times 8{,}314 \times 300}{8{,}0 \times 10^{-5}} = 1{,}0 \times 10^3 \text{ Pa}.$$

Effectuer des bilans d'énergie sur un système : le premier principe de la thermodynamique

QCM .... p. 64

1) a, b, c et d • 2) a et c • 3) c • 4) b. $T_f = \frac{m_1 T_1 + m_2 T_2}{m_1 + m_2} = 30$ °C

• 5) c. Puisque $P_S = \sigma \cdot T^4$, alors $T = \sqrt[4]{\frac{P_S}{\sigma}} = \sqrt[4]{\frac{390}{5{,}67 \times 10^{-8}}} = 288$ K $= 15$ °C

6) b. Si le café suit la loi de Newton, la température évolue en fonction du temps selon la formule : $T(t) = T_{ext} + (T(0) - T_{ext})\, e^{-\gamma t}$
À $t = 0$, le café est à 80 °C et à $t = 120$ s, le café est à 60 °C donc, $60 = 25 + (80 - 25)\, e^{-\gamma 120}$.
Ainsi $\gamma = 3{,}8 \times 10^{-3}$ s^{-1}.
On cherche maintenant le temps t qui correspond à la température T = 50 °C. On a la relation :
$50 = 25 + (80 - 25)\, e^{-0{,}0038 \times t}$ qui donne $\ln\frac{25}{55} = -0{,}0038\, t$.
On en déduit $t = 209$ s, environ 3 minutes et 30 secondes.

Et c'est parti pour le chaud p. 65

1) $R = \dfrac{e}{\lambda \times S} = \dfrac{0{,}20}{0{,}11 \times 6{,}0 \times 3{,}0} = 0{,}10\ K \cdot W^{-1}$

2) La résistance doit être la même pour une même surface.

$$\frac{e_{béton}}{\lambda_{béton}} = \frac{e_{épicéa}}{\lambda_{épicéa}}$$

$$e_{béton} = \frac{e_{épicéa}}{\lambda_{épicéa}} \times \lambda_{béton} = \frac{0{,}20}{0{,}11} \times 2{,}2 = 4{,}0\ m$$

3) Il y a transfert par rayonnement, la lumière passe à travers la fenêtre. Il y a transfert par conduction, l'agitation thermique des molécules se transmet de proche en proche.

4) Les résistances s'additionnent donc $R_{th} = R_{air} + R_{verre}$.

$$R_{th} = \frac{e_{air}}{\lambda_{air} \times S} + 2\frac{e_{verre}}{\lambda_{verre} \times S} = \frac{12{,}0 \times 10^{-3}}{0{,}026 \times 4{,}0} + 2\frac{4{,}0 \times 10^{-3}}{1{,}2 \times 4{,}0} = 0{,}12\ K \cdot W^{-1}$$

Le flux thermique est égal à : $\varphi = \dfrac{T_1 - T_2}{R_{th}} = \dfrac{10}{0{,}12} = 85\ W$

5) Le coefficient U d'une paroi homogène est égal à :

$$U = \frac{1}{\frac{e_{air}}{\lambda_{air}} + 2\frac{e_{verre}}{\lambda_{verre}}} = \frac{1}{\frac{12{,}0 \times 10^{-3}}{0{,}026} + 2\frac{4{,}0 \times 10^{-3}}{1{,}2}} = 2{,}1\ W \cdot m^2$$

La règlementation dit que le coefficient de transmission thermique U d'un vitrage doit être inférieur à un niveau maximal réglementaire de $2\ W \cdot m^{-2} \cdot K^{-1}$. Ce vitrage ne respecte par la réglementation.

Ondes et signaux

Caractériser les phénomènes ondulatoires

QCM p. 72

1) b et c • 2) a et c • 3) a et c • 4) a

La fête des voisins p. 72

1) Quand la distance double, le niveau sonore baisse de 6 dB.
À 1 m, on perçoit un son de 90 dB.
À 2 m, on perçoit un son de 84 dB.
À 4 m, on perçoit un son de 78 dB.
À 8 m, on perçoit un son de 72 dB.

2) Le seuil de douleur est 120 dB, ce qui correspond à une augmentation de 30 dB.

$$L = 10 \times \log\left(\frac{kI}{I_0}\right) = 10 \times \log k + 10 \times \log\left(\frac{I}{I_0}\right)$$

$10 \log k = 30$ donc $k = 10^3 = 1000$. Il faudrait 1000 tondeuses.

Tiré par les cheveux p. 73

1)

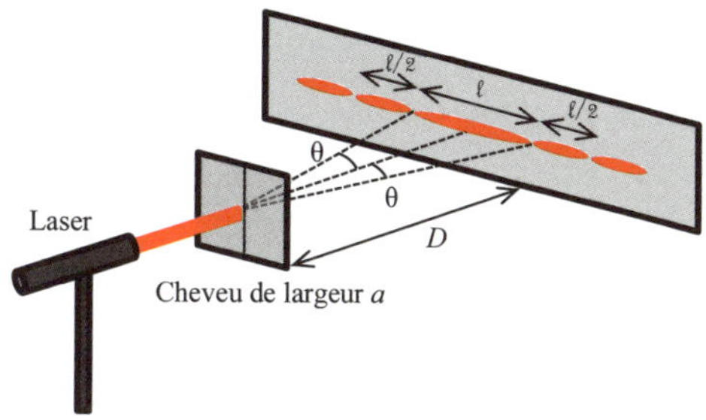

2) D'après le cours, $\frac{\ell}{2D} = \frac{\lambda}{a}$.

$$a = \frac{2\lambda D}{\ell} = \frac{2 \times 632 \times 10^{-9} \times 1{,}5}{0{,}030} = 63\ \mu m$$

3) L'interfrange est égale à :

$$i = \frac{\lambda \cdot D}{b} = \frac{632 \times 10^{-9} \times 1{,}5}{200 \times 10^{-6}} = 4{,}7\ mm$$

Ce n'est pas si grave p. 73

1) On part de l'expression

$\lambda' = \lambda - v \times T$. Or, $\lambda' = c \times T' = c \times \frac{1}{f'}$ et $\lambda = c \times T = c \times \frac{1}{f}$

donc $c \times \frac{1}{f'} = c \times \frac{1}{f} - v \times \frac{1}{f}$ donc $f' = f \cdot \frac{c}{c-v}$

2) Le rapport c/(c-v) est plus grand que 1 donc f' est plus grand que f. Le son est plus aigu.

3) On part de $f' = f \cdot \frac{c}{c-v}$. On en déduit $c - v = \frac{f}{f'} \cdot c$

et donc $v = c\,(1 - \frac{f}{f'})$.

$$v = c\,(1 - \frac{f}{f'}) = 340 \times (1 - \frac{561}{543}) = 16{,}9\ m{\cdot}s^{-1} = 61\ km{\cdot}h^{-1}.$$

4) Pour l'éloignement, la formule est similaire :

$$f'' = f \cdot \frac{c}{c+v} = 516 \cdot \frac{340}{340 + 16{,}9} = 492\ Hz.$$

Le son est plus grave.

Former des images, décrire la lumière par un flux de photons

À la lumière des définitions p. 78

1) OBJECTIF • 2) OCULAIRE • 3) DUALITE • 4) PLANCK • 5) EINSTEIN

Un peu plus près des étoiles p. 78

1) L_1 est l'objectif, L_2 est l'oculaire.

2)

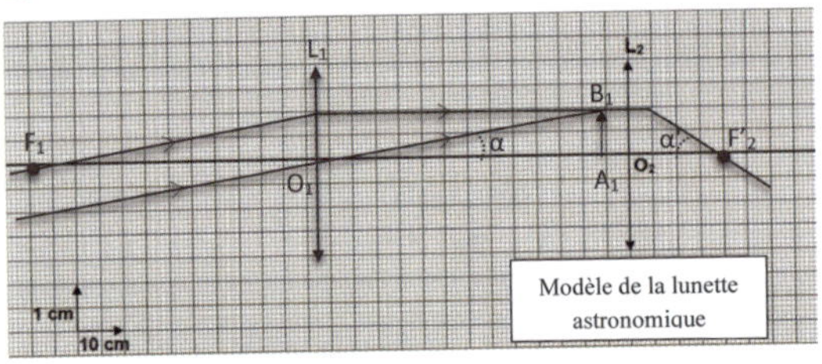

3) L'objet AB et l'image A_2B_2 sont à l'infini.

4) Le diamètre apparent α de l'objet est l'angle sous lequel on observe l'objet AB à l'œil nu. Le diamètre apparent de l'image α' est l'angle sous lequel on voit l'objet à travers l'oculaire.

5) En se plaçant dans les triangles rectangles qui font intervenir les angles α et α' :

$$\tan \alpha = \frac{A_1B_1}{O_1F'_1} \text{ et } \tan \alpha' = \frac{A_1B_1}{O_1F'_2}$$

Les angles sont suffisamment petits pour faire l'approximation $\tan \alpha = \alpha$.

$$\text{Ainsi } G = \frac{\alpha'}{\alpha} = \frac{A_1B_1}{O_1F'_2} \times \frac{O_1F'_1}{A_1B_1} = \frac{O_1F'_1}{O_1F'_2} = \frac{f'_1}{f'_2} = \frac{60}{10} = 6{,}0.$$

La lumière à tous les étages p. 79

1) L'énergie de l'état fondamental est égal à -13,6 eV.

2) Pour ioniser l'atome, il faut fournir 13,6 eV à l'atome d'hydrogène.

3) **a)** Voir schéma ci-dessous.

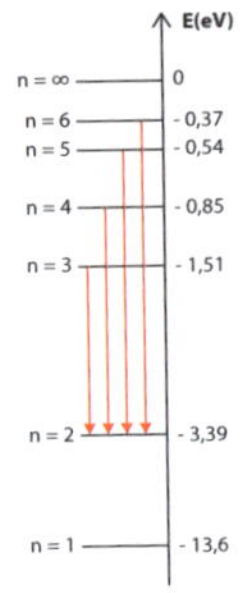

b) $\Delta E = |E_2 - E_6| = (3{,}39 - 0{,}37) \times 10^{-19} = h \cdot \upsilon = \frac{h \cdot c}{\lambda} = \frac{6{,}63 \times 10^{-34} \times 3 \times 10^{8}}{\lambda}$

On trouve λ = 412 nm.

4) Oui, l'hydrogène est capable de produire une radiation de 412 nm.

Étudier la dynamique des systèmes électriques

Chargez ! .... p. 84

1) $i(t) = \dfrac{dq(t)}{dt}$.

2) Avec une intensité de I = 12 µA et à t = 3s, $q = I \times t = 12 \times 10^{-6} \times 3 = 3{,}6 \times 10^{-5}$ C.

3) On sait $q = C \times u_C$. On recherche le coefficient directeur de la droite du graphique. C = 4,6 µF.

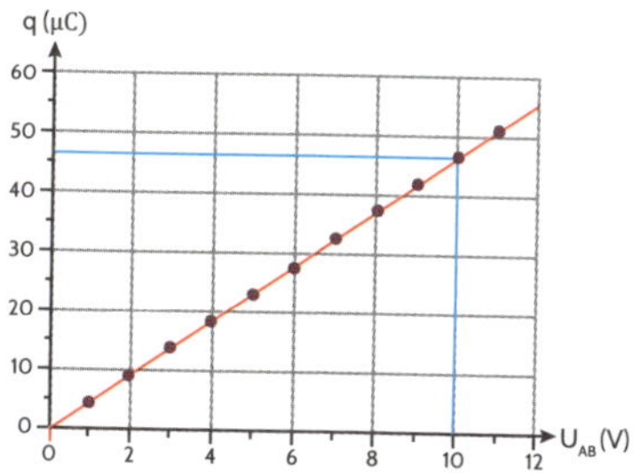

4) La valeur trouvée est conforme à la valeur du constructeur 47 µF à 10 % près.

Des hauts et des bas .... p. 84

1) Dans ce circuit en série, la loi d'additivité des tensions nous permet d'écrire : $E = u_R + u_C$.
La loi d'Ohm $u_R = R \times i$ et $i(t) = C\dfrac{du_C}{dt}$. Ainsi, $E = RC\dfrac{du_C(t)}{dt} + u_C(t)$.

2) Si on dérive $u_C = A(1 - e^{-\alpha t})$ par rapport au temps, $\dfrac{du_C(t)}{dt} = A\alpha e^{-\alpha t}$.
En injectant cette expression dans l'équation différentielle :
$E = A(1 - e^{-\alpha t}) + A \cdot RC \cdot \alpha\,(1 - e^{-\alpha t})$
Si $\alpha = 1/RC$, $A = E$.

3) $RC = 2{,}2 \times 10^3 \times 4{,}7 \times 10^{-6} = 0{,}010$ s.

4) Il n'y a plus la tension E donc $R'C\dfrac{du_C(t)}{dt} + u_C(t) = 0$.

5) La solution de cette équation différentielle est de la forme : $u_C = A\,e^{-\alpha t}$. En posant $\alpha = 1/R'C$ en tenant compte de la condition initiale, $u_C = E\,e^{-\alpha t}$.

6) $R'C = 10 \times 10^3 \times 4{,}7 \times 10^{-6} = 0{,}047$ s.

7) $R'C > RC$. Le condensateur met plus de temps pour se décharger que pour se charger.

Retrouvez nos ouvrages

Commandez-les sur le site
librairie.studyrama.com

Studyrama

Composition : **Stéphane Mac Donald**
Édition : **Deborah Lopez**
Imprimé en France en 2020 :
par l'imprimerie Sepec – 01960 Péronnas
ISBN : 978-2-7590-4528-0